COLLECTION FOLIO

Dominique Barbéris

Une façon d'aimer

Gallimard

© Éditions Gallimard, 2023.

Dominique Barbéris est une romancière française. Elle enseigne à Sorbonne-Université et y anime des ateliers d'écriture. Son premier roman, *La ville*, a été publié aux Éditions Arléa en 1996. Ses huit livres suivants ont paru aux Éditions Gallimard. *Les kangourous* a été adapté à l'écran en 2005 par Anne Fontaine sous le titre *Entre ses mains. Quelque chose à cacher* a eu le prix des Deux Magots et le prix de la Ville de Nantes en 2008. Et *L'année de l'Éducation sentimentale*, le prix Jean Freustié en 2018. Sorti en 2019 aux Éditions Arléa, *Un dimanche à Ville-d'Avray* a été finaliste du Femina et en deuxième sélection du Goncourt. En 2023, elle reçoit le Grand Prix du roman de l'Académie française pour *Une façon d'aimer.*

En mémoire de mon père

Ceci est une fiction. Toute ressemblance avec des personnes existant ou ayant existé serait purement fortuite.

I

1

En faisant la vaisselle, ma mère chantait souvent « La vie conjugale » :

> *Les histoires sages*
> *finissent souvent*
> *par un beau mariage*
> *Et beaucoup d'enfants.*

Guy Béart. On avait le disque à la maison, un 45 tours. Les disques, à cette époque, c'était fragile. Il fallait les manipuler avec précaution en les sortant de leur pochette pour ne pas laisser de traces de doigt. On les essuyait avec une petite brosse de velours bleu électrostatique. Malgré tout, il restait toujours de la poussière sur la piste, l'invisible poussière du temps. Je me souviens de l'odeur du plastique.

Sur l'autre face, il y avait la chanson :

> *Si tu reviens jamais danser chez Temporel*
> *Un jour ou l'autre...*

On l'a gardé jusqu'à ce qu'on ne puisse plus utiliser le vieux tourne-disque. On baissait doucement le bras ; on avait l'impression que la pointe diamant atterrissait. La piste de la face 2 était rayée. Ma mère m'a longtemps accusée d'en être responsable. Ça répétait en boucle :

Pense à ceux qui tous ont laissé leurs noms gravés
Tous ont laissé leurs noms gravés…

Le souvenir me revient, ce soir, en pensant à ma tante Madeleine. Ces deux chansons résument son histoire, et peut-être, à travers elle, celle de beaucoup de femmes de sa génération, la génération de la guerre : une *histoire sage*, une vie retirée et discrète traversée d'un bref coup de folie, une romance secrète. Difficile de savoir ce qui arrive à une femme.

Ma tante Madeleine était la sœur aînée de maman ; elle était très coquette quand elle était jeune. Il y a eu longtemps, posée sur le buffet de grand-mère, une photo d'elle, prise à Douala en 58 – un agrandissement –, où elle marche, toute jeune, ravissante dans sa robe d'été, en tenant la main de sa fille. Au fond, il faudrait repartir de là, de cette photo posée sur le buffet de grand-mère où ma tante marche dans une rue de Douala en tenant la main de Sophie – la petite Sophie, comme on disait dans la famille, « cette pauvre petite Sophie ».

L'original est une photographie carrée à bords dentelés qui tient dans le creux de la main ; une photo prise avec un appareil Kodak. Les photos de l'époque m'ont toujours fait penser aux petits-beurre Lefèvre-Utile. Est-ce à cause de leur format, ou de nos origines nantaises ? Les deux sans doute. Ou parce que grand-mère avait l'habitude de ranger les photos de famille dans une vieille boîte de biscuits LU, une ancienne boîte d'assortiment dont le couvercle représentait un genre de sirène Art déco à cheveux roux entourée de guirlandes de fleurs.

La marge de blanc a jauni.

Les cocotiers forment une contre-allée pittoresque et majestueuse dans laquelle un vélo circule. Le cycliste (probablement noir) est vu de dos. De chaque côté aussi, probablement – mais on ne les voit pas –, des «cases» enfouies dans la végétation. Celles du quartier européen. Elles sont toutes sur le même modèle : blanches, avec des fenêtres à claustra, des toits en pente pour permettre l'écoulement des pluies, des galeries en bois surélevées pour protéger l'intérieur des maisons de l'intrusion d'animaux, de serpents ou d'iguanes.

La terre est sombre : c'est cette poussière rouge foncé de la couleur de l'écorce d'eucalyptus, la latérite.

En bas de la photo, on peut lire, d'une écriture fine difficilement déchiffrable : *Douala, allée des Cocotiers, 1958.*

Ma tante est prise d'assez loin ; elle a vingt-sept ans, ou vingt-huit. Elle porte une de ces robes claires, d'été, à la mode dans les années cinquante : un imprimé fleuri dont on ne distingue pas le motif, une jupe large et froncée de type « parachute », l'ourlet à la cheville. Je suppose que ce nom, « parachute », venait de la guerre encore proche. La mode s'empare de tout, même du pire.

En la voyant, on se rappelle les principes de l'époque :

L'élégance est dans le maintien.

On ne peut pas toujours être belle, on peut toujours être élégante.

Madeleine est mince, avec des épaules presque maigres, un décolleté discret, des cheveux blonds ondulés par une mise en plis. C'est son allure, surtout, qui frappe, soignée, tenue, un peu raide avec cette taille plate et sanglée, si foncièrement anachronique. Inimitable – c'est le mot qui me vient. Je ne sais pas à quoi tient cette allure : la démarche, le port de tête, une manière de se découper sur le ciel. Elle avait, paraît-il, à l'époque, « quelque chose de Michèle Morgan » dans la blondeur et le maintien. On le disait dans la famille. Elle fait penser aux publicités qu'on lisait, Sophie et moi, dans les vieux magazines de la cave : le rouge à lèvres Rouge Baiser, le parfum Soir de Paris.

« Ta tante, disait toujours grand-mère, n'était pas franchement jolie – ce qu'on appelle *jolie* –, mais elle était si élégante ! Elle avait pris du côté

Le Tellec, celui de mon mari. Comme Joseph, son cousin, le fils d'Émilienne. »

À côté d'elle, Sophie, un bras levé, les jambes arquées, porte une robe attachée par deux nœuds sur l'épaule. Elle a peut-être dix-huit mois, on devine qu'elle a des couches. Elle tient quelque chose à la main. Si on pouvait agrandir la photo, on verrait qu'il s'agit d'une petite girafe en caoutchouc. Ma tante lui avait acheté au marché un chapeau de paille pointu qui la faisait ressembler à une petite Chinoise. Il paraît qu'on disait à Douala : « Madeleine Morand et sa petite Chinoise ».

En 58, d'après ce que j'ai lu, les « événements » s'accéléraient. Le processus annoncé par de Gaulle dans son discours de Brazzaville était en cours. Il devait mener à l'indépendance du Cameroun, le 1er janvier 60. Il y avait des troubles dans le pays. Ahidjo, le premier président africain, avait formé un gouvernement d'union nationale avec le soutien de la France, mais ce gouvernement était contesté par les indépendantistes de l'UPC qui ne voulaient aucun compromis avec la puissance coloniale. On disait qu'ils étaient soutenus par les communistes. Leurs leaders avaient pris le maquis. Il y avait des révoltes dans le pays Bamiléké, le pays Bassa, en Sanaga-Maritime. Il y avait aussi une répression et, côté africain, des milliers de morts dont on n'a rien su.

Malgré la robe élégante de Madeleine, sa silhouette de gravure de mode, les cocotiers si exotiques, la photo a un charme mélancolique.

Peut-être à cause des ombres. Ce sont les ombres longues du soir. Il paraît que le soir, la ville se remplissait de cris d'oiseaux, de battements d'ailes, et des cris des enfants qui sortaient des crèches et des écoles. Ils couraient et sautaient dans les flaques. Il faisait très chaud. Une chaleur de cocotte-minute. Douala est sous le quatrième parallèle, proche de l'Équateur. On voyait rarement le soleil. Le ciel restait couvert, gris, et humide, terni par une humidité de serre.

Les gens sortaient marcher sur la promenade du boulevard Maritime, ils allaient voir le pont tout neuf qui reliait Douala à Bonabéri.

Douala au temps des colonies, Douala sous le mandat français : je ne connais tout cela que par les livres. Des expressions comme « la loi cadre », « la tutelle », le « processus de décolonisation », je les ai entendues dans les conversations entre mon père et mon oncle Guy. Entre hommes, ils parlaient politique ; ils n'étaient pas toujours d'accord. Mon père accusait Guy d'avoir été « colonialiste », ou d'avoir été « complice du colonialisme ». « Arrête, Pierre », disait ma mère, qui défendait toujours sa sœur, par esprit de famille. Mon oncle protestait : « Je suis parti là-bas pour travailler. Je n'avais rien trouvé en France ; *on n'y était pour rien.* » Il haussait les épaules ; il disait que c'était « facile » de critiquer de l'extérieur.

Je me souviens d'une dispute qui a dû avoir lieu pendant un des étés que nous passions à la campagne. Le ton était monté ; mon oncle s'était énervé; il avait quitté brusquement la table et était sorti. Je le revois fumant sur le pas de la porte. Il avait l'air de regarder la rue; elle était goudronnée, en pente légère; nous la descendions à bicyclette en dérapant sur les gravillons du carrefour. « Elles vont se tuer, criait grand-mère. Descendez de vélo tout de suite ! Venez vous laver les mains ! »

Les enfants sentent la solitude des adultes. Elle les touche parce qu'elle les rend plus proches. J'étais venue près de mon oncle; il avait posé sa main sur ma tête : « C'est toi, ma grande ? Regarde les nuages; il va faire beau demain. » Après, je n'avais plus osé bouger; nous étions restés un moment, moi, avec sa main sur ma tête, fière et émue (j'avais six ou sept ans), et lui fumant sa cigarette; il ne fumait que quand il était énervé, des Craven A, je revois encore le paquet rouge, avec une tête de chat noir. Leur odeur âcre est restée pour moi celle de l'Afrique.

2

Je me souviens avoir dit à ma tante, des années plus tard (j'étais allée les voir, mon oncle et elle, dans leur maison de Nantes, au Pont du Cens) :

— Qu'as-tu fait de tes robes ? Celles que tu portais à Douala. Tu sais qu'elles reviennent à la mode ?

Elle avait eu l'air à la fois perplexe et flattée :

— Je ne sais pas, comment veux-tu ? Elles se sont usées, je suppose. J'en ai donné beaucoup ; je me suis débarrassée. Sophie ne veut pas les porter. J'en ai perdu aussi. Les robes, on ne sait pas ce qu'elles deviennent. On dirait qu'elles se volatilisent. Un jour, on ne les trouve plus dans sa penderie. On se dit : j'avais pourtant une robe turquoise, avec un col bateau – tu vois ce qu'étaient les cols "bateau" ? On se dit : je la portais ce jour-là – c'est curieux comme on revoit les circonstances : le temps qu'il faisait, la lumière, même des choses toutes petites, si précises, la mémoire, hein, a dit ma tante, c'est quand même quelque chose de particulier, les souvenirs, et pour une femme, on mesure mal combien ça peut compter. On a oublié les trois quarts de sa vie, mais on se rappelle une petite robe, le tissu, la couleur. On se dit : ce jour-là, je portais cette robe à poches surpiquées, ou une robe crème à tout petits pois marine. Je te dis ça parce que je suis certaine d'avoir eu autrefois, quand j'étais à Douala, une jolie robe, toute simple : un fond crème à pois bleu marine, des pois discrets, pas du tout ces gros imprimés tape-à-l'œil qu'ils font maintenant et qui font « tapisserie ». Les pois, c'est tellement chic. Tellement discret. Avec des pois, on ne fait jamais d'erreur. La matière, c'était un foulard de soie, je me rappelle encore : la taille serrée, très ajustée, une ceinture dans le même tissu, ton sur ton – très étroite, la ceinture –, la jupe large, avec beaucoup de fronces, ce qu'on appelait des jupes "parachute". Tu n'as pas connu ça. Très Dior, tu vois, Dior dans ces années-là – cet homme, si je l'avais rencontré, je crois que je l'aurais embrassé tant c'était beau, ce qu'il faisait ! Mais ce n'était pas du Dior, tu penses bien, je n'avais pas les moyens de m'en offrir. Je m'achetais des patrons, j'en ai acheté beaucoup chez Bouchara, en haut de la rue du Calvaire ; je faisais tout moi-même. (Là, ma tante est devenue rêveuse.) Eh bien ! cette robe à pois marine, je suis incapable de dire ce qu'elle est devenue. Tu vois, toi, Guy, ce qu'elle a pu devenir ?

— Non, a grogné mon oncle. Je ne me souviens pas. Comment veux-tu ? J'ai payé une partie de tes robes, c'est déjà bien. Je me suis ruiné à t'entretenir.

Ils ont ri tous les deux.

Vieille plaisanterie.

J'aimais beaucoup mon oncle Guy. Quand on était petites, il nous appelait « les petites bonnes femmes », Sophie et moi.

Ma tante a sorti d'un tiroir la photographie du buffet :

— Celle-là, tu vois, c'était une soie sauvage avec un imprimé de bouquets de violettes vert et mauve. Je ne sais pas combien ça coûterait, aujourd'hui, de la soie sauvage peinte ? Des sommes faramineuses.

Elle a eu l'air d'y rêver à nouveau.

Mon oncle a dit : Tu l'as fait faire avant de partir. Tu la portais sur le *Mangin*, en 55. Tu l'avais à la fête quand on a passé l'Équateur et tu l'as remise le soir de l'inauguration du pont sur le Wouri. Cette fête pour l'inauguration ! Tu te souviens, Madeleine, Paris avait envoyé un ministre. Je ne me rappelle plus le nom de ce ministre.

Ils ont cherché tout un moment, ils se sont chamaillés, comme d'habitude. Je les regardais.

*

Même âgée, ma tante est restée mince. Elle a gardé jusqu'au bout ce côté juvénile des femmes à taille plate, qui ne prennent pas un gramme, toujours soignée mais démodée (jupe grise à plis sous le genou, chemisier blanc, petit foulard), un peu comme si elle portait le fantôme de ce qu'elle était autrefois et je me dis, en y pensant ce soir, que chaque génération a sa manière singulière de vivre la jeunesse et la vieillesse. Je me dis que ma tante Madeleine, avec ses cheveux blancs épais frisés par une mise en plis – elle n'a jamais changé de coiffure, ne les a jamais teints –, ses jupes grises ou marine de longueur « raisonnable » – comme on disait dans ma famille –, son élégance datée, discrète et un peu provinciale, est restée toute sa vie une femme de l'après-guerre. Dans sa bibliothèque, elle conservait toutes sortes de romans anciens, des romans des années cinquante, des Goncourt d'autrefois. Il y a des modes aussi pour les livres. Je regardais les titres quand j'allais la voir mais je ne les ai jamais ouverts ; j'avais l'idée, peut-être fausse, qu'ils exhaleraient cette tristesse vague des intérieurs d'appartements vieillots dont les agents immobiliers vous disent dès qu'ils ouvrent la porte : « Bien sûr, il faudra rafraîchir ». Henri Troyat, Gilbert Cesbron, François Mauriac – ma tante aimait beaucoup Mauriac, elle lui trouvait « une grande finesse psychologique ».

Je me rappelle aussi un livre dont le contenu m'a toujours intriguée : *Poussière*, de Rosamond Lehmann.

Quand elle est repartie à la cuisine chercher le gâteau qu'ils avaient acheté, mon oncle m'a demandé à voix basse, avec inquiétude :

— Comment la trouves-tu ? Tu la trouves bien ?
J'ai dit : Mais oui.
— Elle baisse quand même. Elle entend moins. Les analyses de sang ne sont pas très bonnes.

Mon père disait toujours : « Guy était fou de sa femme. » Et chaque fois qu'il parlait de sa belle-sœur, il sifflotait :

> *Madeleine c'est mon Noël*
> *C'est mon Amérique à moi*
> *Même qu'elle est trop bien pour moi*
> *Comme dit son cousin Joël*

« Arrête avec ça, Pierre, disait ma mère, tu m'énerves. »

En prenant le gâteau – un sablé à la confiture –, on a eu la conversation habituelle sur la famille. On a parlé tout un moment de leur fille, Sophie, qui vit dans le Vermont en Amérique, et de « l'époque actuelle ». Ils ont dit qu'ils n'étaient d'accord avec rien : maintenant, tout le monde se plaint, les gens divorcent pour un oui pour un non. C'est la mode. Avant, on restait « avec ce qu'on avait » ; on s'en contentait, même si on avait mal choisi ; c'était comme ça. Ce n'était pas parfait. Ça évitait bien des problèmes. Est-ce que c'était mieux ? Est-ce que c'était pire ? On ne peut pas comparer. On n'est plus trop « dans le coup » ; ce qui est sûr, c'est qu'on était beaucoup moins exigeants qu'aujourd'hui. Déjà contents d'être sortis de la guerre.

Mon oncle riait. Ma tante était à contre-jour, dos à la fenêtre. Je ne distinguais pas ses traits et, derrière elle, par la grande baie vitrée couverte de buée froide qui donne sur leur jardin, je voyais les feuilles jaunes d'un figuier sur la nuit. À cette saison, vers la Toussaint, elles ressortent comme de l'or pur.

J'ai dit : Il faut que j'y aille.

— Reprends donc du gâteau, m'a dit ma tante. Tu ne manges rien. Un bout de tarte, ça ne te fera pas grossir. Qu'est-ce que tu veux qu'on fasse des restes ?

J'ai demandé : Vous n'êtes jamais retournés à Douala ?

— Guy, si, a dit ma tante, moi, jamais.

— Tu n'en as jamais eu envie ?

Elle a dit : Non. Jamais. Je crois que je n'aurais rien reconnu. Il y avait trop de problèmes quand on est partis.

Elle a eu un petit sourire triste : Je reste avec mes souvenirs. Maintenant, de toute façon...

Ils m'ont accompagnée jusqu'à la porte. Il faisait frais dehors et très humide, cette fine humidité nantaise des soirs d'automne ; on ne sait pas si c'est le crachin ou le brouillard en suspension qui mouille l'herbe. Les arbres de l'avenue avaient perdu pas mal de feuilles. Tout était silencieux. Le Pont du Cens est un quartier de banlieue, un peu en marge de la ville, de ceux qui vous font dire : « *la vie est là, simple et tranquille* ». Des pavillons avec des jardins pleins de feuilles, des portillons en bois, des portes de garage qui coulissent sur un fatras de caisses, de vieilleries, de matelas pneumatiques, de bicyclettes dégonflées depuis que les enfants sont partis.

Mon enfance à moi aussi, d'une certaine façon.

Ils m'ont fait toutes sortes de recommandations : Les températures ont baissé, es-tu sûre que tu es assez couverte ? Mon oncle a dit : J'ai vu la météo (depuis qu'il était à la retraite, la météo était son sujet favori), ils annoncent une tempête sur les côtes. Et ma tante : Il faut faire attention. Maintenant, ils ne font plus de tissus de bonne qualité, juste ces petites choses en nylon qui ne tiennent pas chaud du tout. Je ne sais pas comment vous pouvez résister avec ça ; vous finirez par attraper des pneumonies. Ça me rappelait grand-mère : *Vous finirez tuberculeuses, vous finirez avec un appareil. Vous serez jolies avec un appareil, ça ne vous arrangera pas le sourire. Vous vous usez les yeux, vous finirez avec des lunettes à force de lire comme ça dans le noir. Vous ne viendrez pas vous plaindre quand vous porterez des lunettes.*

Ils ont fermé la porte derrière moi, et ils ont dû rentrer dans leur salon ; j'ai vu leurs ombres derrière le rideau.

Il faisait frais dehors, c'est vrai ; la plupart des maisons voisines étaient éteintes, mais peut-être que les cuisines, les pièces à vivre donnaient sur l'arrière. Et c'est vrai aussi que maintenant ils font des volets hermétiques, qui ne laissent filtrer aucune lumière.

J'ai repris ma voiture et je suis redescendue vers le cours des Cinquante-Otages. La pluie s'intensifiait ; les feuilles jaunes et les têtes de chrysanthèmes aux devantures des fleuristes perçaient étrangement l'ombre mouillée. J'ai mis mes essuie-glaces, j'avais du mal à voir la route et, quand j'ai passé la Loire à Pirmil, des paquets de pluie ont frappé mon pare-brise. Je me sentais mélancolique, à cause du « temps de Toussaint », à cause de phrases comme : *quand on est partis en 55 sur le* Mangin. Je pensais à ces grands bateaux qui descendaient le long des côtes de l'Afrique, sur lesquels ils étaient partis tous les deux « aux colonies » ; beaucoup de gens s'embarquaient comme eux, des colons, des fonctionnaires de l'administration, des médecins ; ç'avait été leur aventure.

Je pensais à « l'inauguration du pont sur le Wouri » : *On y était, ta tante et moi, une fête à tout casser, un dîner par petites tables aux chandelles, Paris avait envoyé un ministre. Tu te souviens, Madeleine ? Tu te souviens du nom de ce ministre ?*

Ma tante Madeleine est morte l'année d'après. Mon oncle l'a suivie de très peu. On a dit qu'il était mort de chagrin.

3

Une chose est sûre : ma grand-mère Régine a toujours fait une différence entre ce qui était *de son côté* dans la famille – ses deux filles, ma tante Madeleine et ma mère, Olivia – et les *pièces rapportées* : mon père et Guy, qu'elle appelait toujours « l'Africain » alors qu'il venait de Vertou, en Loire-Atlantique. Les « pièces rapportées » avaient le tort d'introduire dans le sang familial des gènes suspects (quand elle me reprochait mes défauts, grand-mère disait toujours : « Ce n'est pas ta faute. Tu as pris du côté de ton père »). C'étaient des hommes dans ce cas précis. À sa manière, grand-mère était féministe. Elle nous a toujours conseillé, à Sophie et à moi, de rester célibataires :

Les hommes vous bourrent le crâne. Ils mentent comme ils respirent.

Je parle du milieu des années soixante – 67, 68 –, j'avais six ou sept ans. Je passais le mois d'août chez grand-mère, dans sa maison au sud de Nantes. Mes oncle et tante envoyaient ma cousine Sophie jouer avec moi. Ils venaient la conduire et restaient quelques jours avec nous, en famille. Quand ils arrivaient, invariablement, mon père sifflotait : « *Ce soir j'attends Madeleine, on ira au cinéma* » ; ma mère disait : « Arrête, Pierre, tu m'énerves », et grand-mère se lamentait : « Cette petite Sophie, c'est malheureux quand même, on pourrait lui compter les os ; elle est maigre comme un coucou. Il va falloir que je rachète un flacon d'huile de foie de morue. »

Grand-mère avait une confiance aveugle dans l'huile de foie de morue. Elle m'en administrait tous les matins à moi aussi une cuillerée suivie d'une bouchée de pain pour faire passer le goût : « Ça te fortifiera. »

De cette période datent les premiers souvenirs que je garde de ma tante Madeleine. Elle ressemblait encore à la photographie de Douala : une blonde grande et mince aux yeux légèrement allongés, en robe turquoise (*le turquoise, la couleur de Madeleine*). Je revois Sophie, une petite brune aux yeux noirs qui avait pris, naturellement, *du côté de son père*. Elle était aussi entêtée que maigrichonne. Je la revois, accroupie sur les gravillons de la cour, occupée à mâcher un chewing-gum :

Sophie n'aura pas la beauté de sa mère ; elle sera beaucoup plus ordinaire ; Sophie sera de celles « dont on ne parle pas ».

L'après-midi, pendant la sieste (car on nous obligeait, Sophie et moi, à faire la sieste, pour nous «calmer les nerfs»), ma tante lisait, étendue dans un relax qu'elle installait sous le lilas de la cour, sous le mince auvent du débarras ou sous un des poiriers dont les branches donnaient de l'ombre. Les poires tombaient à la fin août, c'étaient des passe-crassane. Elles étaient mûres, mais pour la plupart nécrosées par de petits vers, et grand-mère se lamentait en les épluchant : «C'est malheureux quand même, elles sont toutes véreuses!»

Il y a dans mes souvenirs quelque chose qui s'apparente à ce mot : des poires «véreuses». L'expression a gardé pour moi la saveur triste et vénéneuse de la fin des vacances d'été. Est-ce parce que véreuse rime avec vénéneuse?

Le soleil tapait fort mais l'intérieur de la maison restait sombre et humide; c'étaient des murs en pierre; on gardait les volets fermés pour ne pas faire entrer la chaleur. Les jours raccourcissaient, on pouvait le mesurer à la géométrie des ombres sur la cour (*Bientôt l'école! au moins, ça vous occupera*). Des guêpes tournaient autour des poires tombées. On en trouvait dans la maison, sur le carrelage au pied des fenêtres, à demi mortes. Sophie et moi allions les observer en nous demandant si elles pouvaient encore piquer. Nous étions persuadées qu'une piqûre de guêpe pouvait nous faire mourir.

Est-ce parce qu'il ne reste plus aucune trace, aujourd'hui, de ce monde que le souvenir inocule en moi un secret et permanent chagrin?

Les après-midi traînaient en longueur. Ma mère

s'occupait de mon jeune frère, ma tante lisait, le soleil qui passait entre les feuilles du poirier faisait des taches claires sur sa robe, et grand-mère, qui s'ennuyait en pelant ses poires et n'aimait ni le silence ni la chaleur, soupirait : « C'est du feu qui tombe. » Elle disait à mon oncle Guy, qui feuilletait le journal : « Guy, ça doit vous rappeler l'Afrique ; ça ne peut pas être pire au Cameroun. »

Ou elle rallongeait l'ourlet de nos robes, enfilait son aiguille, se plaignait que nous ne poussions qu'en longueur, nous regardait par-dessus ses lunettes : « Elles ont laissé la moitié de leurs tartines ; elles ne mangent plus que du chewing-gum ; moi, si je n'avais pas toujours bien mangé dans ma vie, ça fait longtemps que je serais au cimetière. » Elle demandait distraitement :

« Madeleine, qu'est-ce que tu lis ? »

La réponse arrivait : *Thérèse Desqueyroux.*

« De quoi ça parle ?

— Une femme qui empoisonne son mari.

— Il y en a qui n'ont pas tiré le bon numéro, commentait grand-mère. Le mariage est une loterie. »

Et nous, Sophie et moi, assises dans nos shorts en éponge sur les marches de la véranda, à sucer mélancoliquement des sucettes Pierrot Gourmand au caramel : c'étaient les seules autorisées parce qu'elles étaient « au lait », présumées nourrissantes. Ou accroupies sur le sol gravillonné de l'allée et baignant avec mauvaise humeur ma grosse poupée Bella, Angela, dans une bassine en plastique jaune.

Qu'est-ce que vous fabriquez à mettre cette poupée dans l'eau ? C'est quand même malheureux ! On leur achète des poupées à des prix exorbitants et c'est tout ce qu'elles trouvent à faire !

Nous n'avions pas le droit d'aller à la piscine

Vous sortez de table ; vous allez avoir une hydrocution.

Nous n'avions pas le droit d'avoir des Barbie : jouer avec des Barbie risquait de nous causer, plus tard, de *graves problèmes psychologiques.*

Je ne vois pas l'intérêt pour des enfants de votre âge de jouer avec des poupées qui ressemblent à des femmes américaines de quarante ans. Les enfants doivent jouer avec des enfants.

Nous faisions la tête.

Vous serez jolies, plus tard, avec cette tête-là.

C'est fou comme je revois tout ça, comme tout est imprimé en moi *au fer rouge* : la maison et ses murs de pierre humides ; le jardin en longueur, son allée de gravillons, son parterre de pivoines, ses roses Madame Meilland et Impératrice Soraya, ma tante Madeleine lisant *Thérèse Desqueyroux* sous le poirier (elle laissait son livre ouvert sur la table de la véranda à la page de sa lecture ; il y avait, en bandeau sur la couverture, une photographie d'Emmanuelle Riva),

les phrases de grand-mère :

Vous serez jolies plus tard avec cette tête-là.

Le mariage est une loterie.

les poires « véreuses », la cave obscure et poussiéreuse où on allait se cacher pour lire les vieux

Paris Match, leurs publicités pour le savon Lux, le déodorant Rexona (*Tu sais pourquoi Roland s'éloigne de toi ?*),

les photos de « Jackie » à Dallas dans son tailleur taché de sang,

Onassis et La Callas en villégiature sur le lac de Garde,

Liz Taylor embrassant Richard Burton dans *Cléopâtre*. « Il a une tête d'alcoolique, disait grand-mère. À mon avis, Liz Taylor n'a pas fait une grosse affaire. Il paraît qu'elle l'a épousé, qu'elle a divorcé, qu'elle était bien débarrassée et qu'elle est allée se remarier avec lui. Faut-il être sotte !

— Pourquoi t'es-tu mariée, toi, alors ? demandait Sophie.

— Parce que j'étais jeune. Et quand on est jeune, on est bête. Mais si j'ai fait une bêtise, ce n'est pas une raison pour que vous en fassiez vous aussi. »

Un jour – étais-je seule chez grand-mère ? « les Africains », comme elle appelait Guy et Madeleine, étaient-ils déjà repartis ? était-ce plusieurs années après ? c'est possible, c'est même vraisemblable –, je devais avoir quinze ou seize ans et nous venions d'avoir, elle et moi, une de nos éternelles conversations sur le mariage. Mais je l'entends encore me dire : « Parles-en donc à ta tante, de ce genre de bêtise. Elle a failli en faire une, et une grosse. Tu gardes ça pour toi, bien sûr. »

4

J'ai eu l'explication des années plus tard. Mon oncle Guy venait de mourir, deux ans après ma tante. Sophie revenait pour des papiers et elle était de passage à Paris. Elle a épousé un Américain et vit dans le Vermont depuis son mariage. Nous nous sommes perdues de vue.

Elle a deux fils, qui sont grands maintenant. À dire vrai, sur elle, je ne sais pas grand-chose ; elle a toujours été discrète. J'ai dans l'idée que, pour des raisons que j'ignore, elle a voulu mettre une grande distance entre ces années-là et sa vie présente. Elle n'a plus rien à voir, naturellement, avec l'enfant que j'ai connue, mais la force de la mémoire est telle que, quand elle est apparue dans la file qui sortait de l'avion de Boston, j'ai cru entendre grand-mère : *Sophie n'aura jamais la beauté de sa mère. Plus tard, Sophie sera très ordinaire, Sophie sera de celles « dont on ne parle pas ».*

J'ai toujours pensé d'ailleurs que Sophie en avait souffert sans rien dire. Je ne lui ai jamais demandé. Quand elle était petite et que grand-mère faisait ce genre de réflexion en aparté, beaucoup trop fort parce qu'elle devenait sourde, elle ne réagissait jamais; elle ne bougeait pas, mais je voyais son regard noir devenir fixe; elle avait très bien entendu, j'en suis sûre; elle faisait semblant de ne pas entendre. Combien d'enfants *font semblant*? Combien d'enfants apprennent tôt à ruser?

Je lui avais proposé de l'héberger pendant quelques jours à Paris et j'étais allée la chercher en taxi à l'aéroport. Il pleuvait sur les boulevards extérieurs comme nous revenions de Roissy. Il avait plu toute la soirée, le goudron mouillé reflétait les lumières et pendant une partie du trajet, comme nous traversions la banlieue entre périphérique, bretelles de raccordement et centres commerciaux, Sophie est restée silencieuse, tournée vers la vitre de la portière. Je la trouvais changée : le décalage horaire, m'a-t-elle dit en arrivant, comme pour s'excuser.

Nous avons parlé de choses et d'autres, de ses enfants, de John, son mari, du Vermont. Elle m'a dit : C'est l'été indien, la saison des érables. Les feuilles sont rouges; en ce moment, c'est magnifique.

J'avais préparé à dîner. J'allais et je venais entre le salon et la cuisine de mon appartement de l'avenue du Général-Leclerc. J'ai dit : Si tu retournes à la campagne, tu verras : la maison est restée pareille, la véranda, la cour, la lampe extérieure. On n'a rien jeté. J'ai ri : Même pas la caisse des *Paris Match*.

Je battais une omelette. Des images me traversaient : ils nous couchaient dans la même chambre ; on demandait qu'ils laissent la fenêtre ouverte parce que Sophie avait *peur du noir* et que le halo de la lampe extérieure éclairait un peu le plafond ; on entendait leurs voix dehors : celle de ma mère, qui avait mon petit frère sur les genoux, celle, grave et basse, de ma tante Madeleine, celle de grand-mère : « Reprenez donc un peu de tarte, la tarte, ça ne fait pas grossir. Moi, si je n'avais pas toujours bien mangé dans ma vie, ça fait longtemps que je serais au cimetière. »

Je revoyais les papillons de nuit : il en sortait par la fenêtre ouverte. Ils heurtaient l'ampoule de la lampe extérieure en produisant une ombre dilatée, qui faisait sursauter, brève comme une secousse.

Je ne sais pas si Sophie y pensait ; elle s'était assise dans le canapé, elle consultait son téléphone portable en faisant défiler des messages, l'air vaguement perdu.

Elle a soupiré : Maintenant, je suis orpheline.

J'ai dit : Une des dernières fois où j'ai vu ta mère, j'étais passée chez eux, avenue Félix-Vincent. Je ne sais plus pourquoi j'étais à Nantes ; j'y retourne de temps en temps.

Je me souvenais de l'air humide, du soir d'automne, de leurs ombres derrière les rideaux, de cette impression de province, de soir tranquille chargé de souvenirs. J'ai dit : On avait parlé de l'Afrique.

— Ils parlaient souvent de l'Afrique, m'a dit Sophie.

— Ils s'entendaient bien.

Elle a dit : D'une certaine façon.

J'ai demandé depuis la cuisine : Au fait, un jour, je ne saurais pas te dire quand, grand-mère m'a parlé d'une "bêtise" qu'aurait faite tante Madeleine autrefois. Tu sais à quoi elle faisait allusion ?

— Oh, a dit Sophie, je suppose, à cet homme que ma mère a rencontré à Douala. Une vieille histoire. Ta mère ne te l'a jamais dit ? Elle était au courant. Je crois que pendant un certain temps, ça n'allait pas très bien entre mes parents, mais tout s'est arrangé. D'ailleurs, dans le fond, il ne s'est pas passé grand-chose. Même rien du tout. Tu connaissais maman. Ce n'était pas son genre.

Quand je suis revenue dans la pièce, elle avait l'air de regarder l'avenue. En se penchant, depuis les fenêtres de mon salon, côté balcon (j'ai un balcon, avec des jardinières), on aperçoit le lion de Denfert-Rochereau. J'ai vu que la pluie tombait toujours très droite, sans presque mouiller les vitres. Une pluie d'Europe, régulière, policée, monotone, avec un petit bruit doux et triste. Le lion luisait dans l'obscurité.

J'ai demandé : Tu as des souvenirs de Douala ?

— Aucun.

Elle s'est retournée : Comment veux-tu ? J'avais deux ans. Mais c'est drôle que tu me parles de ça.

Elle fouillait dans son sac et en a sorti une enveloppe :

— Je voulais justement te montrer ça ; c'est un ensemble de papiers qui appartenaient à ma mère. Je l'ai trouvée en faisant du tri. Il y a des coupures de journaux et pas mal de photos prises là-bas, quand ils étaient aux colonies. (Elle a eu cette curieuse expression, vaguement ironique : *aux colonies*). Il y a aussi des lettres de tante Olivia. Elles s'écrivaient beaucoup quand maman était en Afrique. Elle a gardé tout ça.

J'ai jeté un coup d'œil au paquet : j'ai reconnu la photo de l'allée des Cocotiers, celle du buffet de grand-mère, celle de 58.

J'ai dit : Ta mère avait tellement d'allure. Elle était faite pour porter les robes de ces années-là.

En reposant la photo, j'ai fait tomber le négatif. Les valeurs y sont inversées : les deux visages, le gros et le petit, sont noirs et translucides, les cheveux, fins, blancs et mousseux, comme faits d'une fumée. J'ai ri : Vous avez l'air de deux Africaines, toutes les deux. Mais je me sentais mal à l'aise. Les négatifs ressemblent à ces radios où on voit, en blanc, au milieu de la sombre fumée qui paraît nous remplir, ce qui restera de nous plus tard : les ossements des mâchoires ou de la colonne vertébrale. Et là, me suis-je dit, sur le négatif, ma tante Madeleine s'avançait vers nous comme une morte sortie de l'ombre.

5

Nous nous sommes couchées tard, bien au-delà de minuit, et je me rappelle tout de notre conversation. Sophie a reconstitué une partie de ce qui s'est passé. Il y a des trous, bien sûr ; plus de témoins. La mort elle-même fait un trou terrible. Et ma tante n'était pas du genre à se confier, par nature. C'était de sa génération, ce silence ; une question d'éducation.

— Mon père aimait Douala, m'a dit Sophie, il était attaché à ce passé ; il me racontait des souvenirs ; ma mère, très peu. Elle n'a rien laissé. Sauf ce qui est dans cette enveloppe et les lettres qu'elle a écrites à tante Olivia, je suppose. Et certaines à Joseph, son cousin. Tu te souviens de Joseph ? Il était de son âge, lui aussi était parti en Afrique ; il était missionnaire en Tanzanie. Ils se ressemblaient. Élevés dans l'idée du devoir, du mérite : on n'a *que ce qu'on mérite*. Elle était discrète et timide. Ça paraît très curieux comme assemblage, mais c'était vrai, je crois. Elle était belle et timide. Mon père l'aimait pour ça.

— Je pense, a dit lentement Sophie, que mon père l'aimait sans mesure.

Nous avons laissé le mot retomber en nous ; il nous coupait le souffle. Soudain, Sophie a continué : Il lui a pardonné. Il lui pardonnait tout ; c'est souvent comme ça dans les couples. Il y en a un qui pardonne et qui accepte. En même temps, si on devait dramatiser ce genre d'histoires (elle a souri) tout le monde se séparerait. Tu ne crois pas que nous avons toutes nos secrets ?

Je n'ai pas relevé.

L'homme en question s'appelait Prigent, Yves Prigent, a continué Sophie. Je ne sais rien de plus, ou pas grand-chose. C'était un homme d'une quarantaine d'années, un administrateur civil. Il est mort. C'est, si j'ose dire, grâce à sa mort, que j'ai pu remonter le fil.

« En France, après leur retour, ma mère a continué à travailler un certain temps comme infirmière. Mon père est resté dans le transport. Il avait gardé des contacts au Cameroun, dans son ancienne société, et même des amis. Il y retournait. Ma mère n'a jamais voulu l'accompagner. Elle disait que pour elle, c'était fini. Simplement ça : fini. Ça n'avait rien à voir avec les tensions politiques qui avaient précédé leur départ.

— Tu penses qu'elle avait des regrets ?

— Certainement, elle n'aurait pas conservé ces papiers toute sa vie.

Sophie s'est tue. Son regard est devenu lointain.

— C'était comme s'il y avait en elle une autre femme que nous ne connaissions pas. Peut-être qu'elle se disait que le silence efface les choses, qu'il les annule. Vois-tu, c'est une question que je me pose aujourd'hui : si on ne parle pas, s'il ne reste aucune trace, est-ce qu'on ne peut pas douter de ce qu'on a vécu ?

Je me suis souvenue d'une formule que j'avais lue quelque part, chez un écrivain japonais ; il définissait le secret comme *une chose qui manque absolument aux animaux, qui n'existe que chez les hommes.*

Sophie a bu une gorgée de tisane. Elle a dit : D'une certaine manière, ma mère est l'héroïne d'un roman que personne n'écrira.

J'ai essayé de rassembler ce qu'elle m'a raconté ce soir-là. J'ai pu interroger ma mère sur ce qu'elle avait appris, et les témoignages se recoupent.

Je n'ai jamais mis les pieds en Afrique. Le Douala dont je vais parler n'existe plus. De même, la ville de Nantes que j'ai connue enfant, partagée entre deux côtés aussi nettement distincts et éloignés dans mon esprit que chez Proust ceux de Guermantes et de Méséglise : le « quartier Decré » et la place Royale. Sophie avait raison : ce paquet de photographies et d'articles est le seul témoignage qui nous reste de ce qui a eu lieu. Une des seules pièces à conviction qui éclairent non pas une vie mais, selon cette belle expression que j'ai lue autrefois dans un livre, *le fait mystérieux et obscur d'avoir vécu.*

II

1

— Jusqu'en 55, tu penses bien, m'avait dit ma mère, rien ne donnait à prévoir que ta tante partirait pour l'Afrique. La famille, du côté de ton grand-père, venait du Pont du Cens. Il n'y avait pas plus enraciné : ils étaient maraîchers de père en fils.

Grand-mère Régine, quant à elle, était originaire du Sud (elle appelait ça « le Sud », mais c'était un gros bourg à une trentaine de kilomètres au sud de Nantes). Elle avait l'impression d'avoir franchi un espace immense en épousant un homme du Nord – un « vrai » Breton, Léonard Le Tellec, qui possédait de grands jardins, avenue Félix-Vincent. Elle a d'ailleurs toujours regretté son mariage ; je n'en sais pas exactement la raison, mais elle n'est pas très difficile à deviner. Elle avait, chevillé au corps, le goût de l'indépendance. Elle ne s'habituait pas en ville ; ce qu'elle aimait, c'était la campagne et la liberté. Elle nous disait toujours : « La liberté, c'est la moitié de la vie. » À la mort de son mari, au début de la guerre, en 39, seule avec deux enfants – ma mère n'avait que quelques mois –, elle a vendu les terres pour s'en débarrasser et, renouant avec son ancien métier de couturière, ouvert un petit magasin de confection qu'elle a tenu jusque dans les années soixante-dix.

Ça s'appelait : *Aux nouveautés*; c'était écrit sur la vitrine avec, en dessous, cette mention : *Articles pour femmes et enfants « de 0 à 12 ans »*. C'était fait pour une clientèle de quartier aux goûts « classiques ». Elle vendait de la lingerie : des gaines Playtex, des combinaisons en nylon, des cadeaux de naissance (bavoirs et barboteuses), des tabliers écossais, des chaussettes en fil d'Écosse.

Ma grand-mère a laissé son commerce quand j'avais sept ou huit ans. On y allait, après, par tradition ; ç'avait été repris par un couple, les Lethu. À dire vrai, de l'ancien magasin familial, je me souviens surtout du mannequin exposé en vitrine : sa perruque marron, sa frange à la Sheila, son sourire de poupée, engageant et fixe, ses bras articulés dans lesquels était enfilé un sac, ses jupes sous le genou de – longueur « raisonnable », comme on disait dans ma famille.

(*Ne me parlez pas des mini-jupes.*)

J'ai le vague et lointain souvenir d'une expédition pour l'achat d'un kabig – un vêtement que je trouvais affreux. Je me revois sortant du magasin, ma mère disant : « Tu n'es jamais contente de ce que tu as. Tu n'es pas très jolie quand tu fais la tête. Tu seras vite cataloguée. »

Les enfants capricieuses comme toi sont vite « cataloguées ».

Je revois l'avenue en pente forte, bordée de grands jardins plantés d'arbres fruitiers dont les branches dépassaient des murs. Du mimosa en fleur dès février.

Julien Gracq parle du Pont du Cens dans son livre sur Nantes. Je suis tombée l'autre jour sur ces lignes :

> Le ruisseau du Cens, à cette époque, formait la limite de la ville, dont les dernières maisons ne l'atteignaient même pas ; quelques clos habités flanqués de vergers s'accrochaient seuls au versant sud de la vallée. À l'embranchement que marque, au-delà du pont, l'église de N.D. de Lourdes, la route – l'actuelle rue du Chanoine-Poupard – montait entre des prairies closes de haies ; on y voyait un puits couvert où nous trouvâmes, un après-midi d'hiver, une couleuvre en hibernation.

À mon avis, elles ne disent plus grand-chose à personne. Sauf à moi, à qui elles désignent un point obscur mais curieusement précis et presque douloureux du passé. Dans mes souvenirs, plus tardifs, le quartier avait perdu son air de campagne. Des maisons neuves, aux fenêtres encadrées de granit, des pavillons entourés de jardins et des commerces occupaient les parcelles loties sur d'anciennes tenures maraîchères et des vergers. Je vois bien Notre-Dame de Lourdes, une église en béton assez moche, et la rue du Chanoine-Poupard. Je me demande d'ailleurs si ce chanoine au nom si balzacien, si suggestif, a vraiment existé.

Toujours est-il que le Pont du Cens – banlieue tranquille et aérée d'anciens jardins un peu en marge de la ville – concrétise depuis pour moi une certaine idée de Nantes, la seule, pendant longtemps, d'une ville que je connais peu, mes parents l'ayant quittée après ma naissance.

D'autres quartiers revenaient dans les conversations familiales, la plupart attachés à des noms de paroisses : Sainte-Thérèse, Saint-Félix, Saint-Similien, Saint-Donatien, et d'autres lieux que je ne revois que de manière très imprécise : le pont Morand, le pont de la Motte-Rouge (il me faisait penser au chevalier de Maison-Rouge), la place de la Petite-Hollande. Le Petit Port concentre un souvenir à part parce qu'un tueur y a sévi dans les années soixante-dix. Les nuits de pleine lune, des femmes étaient retrouvées égorgées dans des terrains vagues. Il y avait des articles dans les journaux ; ils l'avaient baptisé « le tueur de la pleine lune ». Ma grand-mère adorait les faits divers et les romans policiers. Je me souviens d'interminables conversations, les dimanches soir à l'heure du thé, sur les « terrains vagues », les « détraqués » et la pleine lune,

(*J'ai une sainte horreur des « terrains vagues »*).

La famille passait l'hiver à Nantes, au magasin, et le mois de fermeture, l'été, à la campagne où grand-mère avait gardé une maison près de celle de sa sœur Émilienne. Émilienne avait deux fils dont l'un, Joseph, né la même année que Madeleine, se destina très tôt à la prêtrise. Il était pensionnaire chez les frères des Écoles chrétiennes. Dans la région, une bonne partie de l'enseignement était tenue par les communautés religieuses. Poursuivre des études était une facilité qu'elles offraient à des enfants intelligents et méritants qui n'avaient pas beaucoup de moyens. Beaucoup de ces enfants devenaient prêtres à leur tour et l'Église de l'époque, celle des communautés de l'Ouest, suscitait des « vocations missionnaires ». C'était le cas de Joseph Le Tellec. Il est entré chez les Pères blancs. Pendant la guerre, il s'est engagé dans la Résistance ; les prêtres, disait grand-mère, éveillaient moins la méfiance des Allemands. À la fin de sa formation, il a été envoyé en Tanzanie. J'ai vu une photo de lui, la seule que nous ayons gardée, le jour de son ordination à Saint-Louis de Carthage ; c'était un beau jeune homme blond à l'air rêveur. Joseph est un personnage secondaire, mais qui a joué un rôle non négligeable dans l'histoire.

Sur l'enfance de ma tante, je n'ai que peu d'éléments : le chagrin, la sidération à la mort de son père ; elle avait douze ans. À la maison, un univers de femmes ; un huis-clos féminin à la fois rassurant et étouffant, fait de principes et d'interdits :

Tiens-toi droite, tu seras bossue plus tard. Respire

par le nez ; ferme la bouche. Tu as l'air sotte quand tu ris.

À treize ans, elle est mise en pension chez les sœurs.

Elle a seize ans à la Libération ; elle a arrêté ses études et commence une formation d'infirmière. Il y a une photographie de studio, prise pour cet anniversaire, où elle pose avec un peu d'affectation, consciente de ce qu'on peut lui trouver. Ses cheveux roulés sur le front sont plus foncés que sur la photo de Douala ; elle ne ressemble pas encore à Michèle Morgan. La ressemblance date de plus tard. D'après ma mère, qui partageait sa chambre à la maison, elle fut soigneusement travaillée : une revanche contre les critiques sempiternelles (grand-mère ne perdait pas son temps en démonstrations d'affection), contre le sentiment d'avoir été toujours mal fagotée pendant la guerre, avec de vieux manteaux de couleur noire ou grise parce qu'elles étaient en deuil, des vêtements de seconde main que sa mère retournait pour leur donner un air neuf.

Elle a des pommettes hautes, lisses comme la porcelaine, des yeux clairs, un peu étirés vers les tempes dont, sur le noir et blanc, on ne peut pas voir la couleur ; ils n'étaient pas bleus mais vert pâle. Elle a minci depuis l'adolescence, serre sa taille dans le dernier œillet de sa ceinture et commence à porter les robes à taille étroite et à jupon froncé du New Look.

— Ta tante, disait ma mère, adorait la mode.

Je la copiais en tout. C'est difficile de retrouver le climat de cette époque; il y avait eu l'Occupation, ces terribles bombardements qui ont détruit une partie de Nantes; la guerre venait de finir. J'étais petite fille, mais je me souviens qu'on était tous allés danser aux bals de la Libération, les enfants, les voisins. Tout le monde voulait recommencer à vivre. Les femmes retrouvaient le goût de la toilette. Les magazines donnaient des conseils de beauté, proposaient des patrons gratuits. Ils expliquaient qu'avec un tissu bon marché, on pouvait avoir le même résultat que des modèles de haute couture.

Comme la plupart des filles de sa génération, Madeleine essayait les recettes: le concombre pour la fraîcheur du teint, l'eau de pluie pour se rincer les cheveux (il suffisait de mettre une casserole sous la gouttière), les décoctions de fleurs de camomille bouillies pour obtenir des reflets blonds:

« Qu'est-ce qu'elle fabrique ? » demandait grand-mère, quand elle la surprenait dans le jardin, les cheveux dégoulinants d'eau jaune.

« Un rinçage », expliquait ma mère, qui n'avait que sept ans, la langue bien pendue, et que ce vocabulaire technique enchantait.

Elle s'achetait des « bas nylon » avec une couture à l'arrière; elle les remaillait tard le soir. Le samedi, avec des amies, institutrices ou élèves infirmières, elles « crébillonnaient » – cet équivalent nantais du shopping qui consistait à monter puis descendre la rue Crébillon depuis la place

Royale jusqu'au théâtre Graslin en léchant les vitrines ; elles n'achetaient pas grand-chose, elles n'en avaient pas les moyens.

Le dimanche, elle se faisait des robes. Il paraît que les dimanches d'après-guerre, surtout ceux du printemps, au moment où les jours rallongent, où il y a beaucoup de lumière, où on n'a pas besoin de « se crever les yeux » pour voir, vers cinq heures, dans le petit salon de leur maison du Pont du Cens, le carrelage de la salle à manger était recouvert de coupons et de ce papier des patrons, raide et fin comme du papier calque. Grand-mère conseillait, discutait du chic, de la coupe, aidait à draper les tissus, vérifiait la longueur de l'ourlet, et posait elle-même les épingles sur ses filles en combinaison.

Madeleine traînait à la foire de printemps dans ses robes neuves. Elle emmenait sa sœur. Elle sortait en bande avec d'anciennes amies de pension. C'étaient des bandes de filles très sages. Aucune n'avait le permis de conduire. Elles allaient à vélo, ou en car, ou parfois conduites par un cousin, sur les plages de la côte, vers Pornic, Préfailles, ou Tharon. Elles se baignaient rarement ; beaucoup ne nageaient pas, ou nageaient mal. Elles se jetaient à l'eau, faisaient quelques brasses maladroites, s'éclaboussaient ; d'ailleurs, il y avait des jours où une femme ne *pouvait pas* se baigner. Celle qui se trouvait dans cette situation faisait un peu de manières, finissait par dire « Les Anglais ont débarqué » avec un petit rire entendu ; c'était la déveine d'être femmes, leur expérience la plus secrète, la plus troublante – saigner – comparable seulement à certains graves dérèglements météorologiques : ma mère se souvenait de Madeleine, debout devant la fenêtre de leur chambre, disant d'un air morose : « Pas de chance ! Les Anglais ont débarqué ce matin. »

Sur les photos, les filles de cette bande ont de grands sourires joyeux, une mèche de cheveux roulée sur le front dans cette curieuse coiffure de l'après-guerre, des chaussures à semelles compensées, des bras et des mollets solides. C'étaient toutes des filles simples, sans complication. Toutes travaillaient plus ou moins « dans le social », toutes avaient été formées chez les sœurs. Ma mère me les montrait : Marie-Line, Jeannette, Paule. Ta tante, me disait-elle, était très nostalgique de ces années. Je crois que c'est le moment où elle a été le plus heureuse.

Les conversations et les plaisanteries roulaient sur les souvenirs de pension, les manies des unes et des autres, celles de la sœur Monique qui essayait de favoriser « l'esprit d'équipe », celles, comme sœur Marie de l'Assomption, qui voulaient qu'on les appelle « ma chère sœur ». Elles disaient en riant : « Ma chère sœur, je voudrais du beurre. » Celle qui faisait le cours de français et leur récitait du Hugo : « *L'œil était dans la tombe et regardait Caïn* », « *Jeanne était au pain sec dans le cabinet noir* » ; elles la singeaient : « *Jâne était au pain sec dans le cabinet noir / Pour un crime quelconque, et, manquant au devoir* », elles s'étiraient sur le sable en riant, regardaient les nuages entre leurs doigts (*Il ne faut pas regarder directement le soleil*). Elles chantaient :

> *La petite biche,*
> *ce sera toi si tu veux*
> *Le loup on s'en fiche...*

Les plus dessalées pensaient au mariage ; elles allaient danser le soir dans des petits bals, avec des amis de leurs frères. Il y en avait du côté de Vertou ou de Portillon. Madeleine ne les accompagnait jamais. Selon elle, les garçons qu'on y rencontrait n'étaient pas très intéressants. C'étaient ceux qui lui avaient tiré les cheveux dans la cour de l'école communale. Ils ne s'arrangeaient pas en vieillissant ; de mornes pièges, devait-elle penser. Un jour, à l'hôpital, un des médecins du service lui avait proposé de prendre un café. Elle avait refusé. Il était revenu à la charge. Il levait la tête et la fixait quand elle passait dans le couloir. Elle marchait vite. Elle avait demandé une modification de ses horaires sans donner d'explication.

Je suppose qu'elle rêvait d'autre chose, beaucoup mieux : Jean Marais, qu'elle avait vu au cinéma dans *Le Bossu*, ou Gérard Philipe.

L'une après l'autre, pourtant, les amies prenaient leurs distances ; elles « fréquentaient », faisaient faux bond pour les expéditions du samedi, se fiançaient.

Elle leur rendait visite après leur mariage dans de petits deux-pièces donnant sur cour qu'elles faisaient visiter avec une gravité pleine de fierté : « On va faire des économies. On débute. » Quelquefois, un bébé était arrivé. Il était posé entre elles dans son « moïse ». Elles bavardaient en grignotant de petits gâteaux sans trouver grand-chose à se dire. L'amie avait changé. Madeleine regardait les murs de la cour.

Elle étouffait.

Les voisins disaient à grand-mère : « Ton aînée ne se marie pas ?

— Elle a bien raison. »

Mine de rien, sa jeunesse passait.

2

En 50, un après-midi de dimanche, son cousin Joseph vint faire ses adieux. Il partait à Carthage pour son noviciat et avait amené Guy, un ami d'école. Guy s'apprêtait lui aussi à partir pour l'Afrique. Il avait trouvé du travail à la Société des bois du Cameroun.

C'était un de ces dimanches d'août qui s'étirent, surtout à la campagne. Ma mère s'en souvenait encore avec une grande netteté. À la sortie de la maison, il y a une petite route tranquille ; certaines voitures l'empruntent par erreur, mais la plupart des locaux, comme nous, ne s'y risquent qu'à pied ou à bicyclette. Elle serpente sur un bon kilomètre, avec des prés à gauche, en bordure de rivière et au bout, sur la droite, on tombe sur le mur du bois de la Châtaigneraie qu'on longe jusqu'à l'entrée. Il est effondré par endroits, remplacé par des barbelés, à l'abandon depuis 42 : le fils des propriétaires a été liquidé par un maquis pendant la guerre ; on a dit qu'il « traficotait » avec les Allemands. Personne n'a su si c'était vrai. Toujours est-il qu'une partie de la propriété a brûlé, et que depuis, la grille reste en permanence ouverte sur la route.

Joseph, Guy et Madeleine partirent de ce côté. Ma mère, qui n'était qu'une adolescente – elle avait treize ou quatorze ans – avait obtenu le droit de les accompagner. Elle était donc «aux premières loges».

Elle me l'a si souvent raconté que c'est comme si je voyais la scène.

L'été, on partait en promenade à la fin de l'après-midi, à l'heure où le soleil baisse; il est moins chaud, très bas sur l'horizon; et je me suis dit quelquefois qu'à cette heure-là, notre campagne si plate, si ordinaire, avec ses ombres, ses beaux arbres, et les vaches, couchées sur les prés, n'est pas si différente de celle qu'on voit sur les tableaux des environs de Rome, qu'elle produit, quand le soir projette sa lumière rousse et basse, la même impression grave et presque triste de beauté. J'imagine que, comme la mienne lorsque je sautais à la corde, leurs ombres à eux aussi – leurs ombres de jeunes gens d'autrefois – s'allongeaient sur les prés avec de petites têtes et des membres démesurés, soudées à leurs sandales d'été comme les fils des marionnettes balinaises. Ma mère traînait derrière eux et boudait, car personne ne s'intéressait à elle. Il paraît que Madeleine était ravissante dans sa robe bleue, et que Guy, qui avait dû l'apercevoir très jeune une ou deux fois sans s'y intéresser, montrait une admiration silencieuse.

Joseph avançait vite, les mains croisées derrière le dos ; il avait toujours été taciturne ; il marchait déjà comme les prêtres. Guy alignait son pas sur celui de Madeleine et elle, tout en parlant, s'arrêtait pour cueillir ces fleurs de carotte qui poussent sur les talus et ressemblent à de la dentelle un peu grise.

Ils s'étaient arrêtés à la grille du bois. Il y a près de l'entrée, à gauche, un christ en pierre renfoncé sous un marronnier ; il a un bras tendu vers le bas, paume ouverte, l'autre en écharpe. D'un doigt il désigne d'un air mélancolique la place de son cœur. Des images me reviennent : la statue pâle sous l'arbre noir, la grille ouverte, le sous-bois plein de feuilles tombées. Certains soirs, au débouché de l'allée, on voyait la deux-chevaux du fermier, arrêtée au stop qui marque le croisement avec la route.

Les deux hommes avaient accepté de rester dîner. La maison était fraîche, comme toujours en été, elle sentait le salpêtre.

Ils s'étaient attardés dans la cour, bien après le coucher du soleil, on approchait de septembre. Les premiers papillons de nuit sortaient par la fenêtre ouverte. Ni Joseph ni Guy ne semblaient pressés de rentrer. C'étaient leurs derniers jours en Europe ; ils parlaient de l'avenir, de l'Afrique qu'ils ne connaissaient encore ni l'un ni l'autre. Il n'y avait qu'une seule lampe d'allumée, une ampoule nue, sans globe, d'un blanc de porcelaine au-dessus de la porte de la véranda ; l'éclairage était faible ; si la nuit était claire, on devait voir des étoiles au-dessus du toit du débarras.

Il paraît que Guy regardait Madeleine fixement dans l'ombre et qu'elle souriait avec cette gêne ambiguë des jeunes femmes quand un homme s'intéresse à elles de trop près.

(*Qu'est-ce qu'il me veut ?*)

En tout cas, ma mère est formelle, c'est le soir de ce dimanche d'août que Guy a décidé de « demander » Madeleine quand il rentrerait de son premier séjour. Il avait confié à Joseph : « Cette fille m'a emballé. »

Après, naturellement, ma mère plaisantait Madeleine sur son « amoureux ». Elle-même, pourtant, n'était pas indemne d'un sentiment un peu trouble. En partant ce soir-là, « le beau Joseph » l'avait embrassée sur la joue. Pour lui, ce n'était qu'une gamine. Il partait à Carthage pour être prêtre. Il n'y avait certainement de son côté aucune ambiguïté. Mais elle m'a avoué des années plus tard – Joseph venait de mourir dans sa mission près de Dar es Salam – qu'elle avait ressenti ce soir-là, pour la première fois, à treize ans (Tu te rends compte, me disait-elle), un pincement du côté du cœur, cette forme de chagrin sec et aigu que Colette appelle je ne sais où « *un chagrin de femme* ».

*

Ma mère avait dix-huit ans, et Madeleine vingt-six, quand Guy est revenu d'Afrique à l'été 55.

Il était possesseur d'une quatre-chevaux noire – un rêve de jeune homme. Il l'avait achetée à son retour en France. Mon oncle a toujours prétendu qu'on impressionnait facilement les filles avec une voiture, surtout si on y ajoutait, comme lui, la vie en Afrique. Avec ses amis, ils disaient en riant : « la vie de nabab qu'on a en Afrique ». Et ils riaient parce que c'était faux : là-bas, la vie était dure, le climat équatorial, épuisant, mais il mettait de l'argent de côté ; il avait pu s'offrir son rêve, cette quatre-chevaux noire aux pare-chocs chromés qu'il comptait faire acheminer par bateau jusqu'à Douala, il s'était acheté aussi un appareil Kodak. Ce qu'il voulait surtout, c'était impressionner Madeleine pour l'emmener avec lui. Guy était grand avec un visage rond et souriant, une grande stabilité, des goûts tranquilles. Il voulait fonder une famille. C'était un homme sensible et déterminé.

Il était arrivé en juin et devait repartir en octobre. Les week-ends de ce long été, qui fut celui de leurs fiançailles, il promena Madeleine sur la côte atlantique. Il emmenait quelquefois ma mère pour s'attirer les bonnes grâces de la famille. (Je servais de chaperon, me disait-elle. Tu sais comment c'était à cette époque.)

Il se garait devant la maison. Madeleine sortait, en robe d'été, un gilet sous le bras ; il se levait pour lui ouvrir la portière, l'installait à la place que grand-mère a toujours appelée « la place du mort ». Ma mère se mettait à la fenêtre et les regardait partir de derrière les rideaux, vaguement désappointée comme si, pour sa sœur, elle avait attendu autre chose que ce jeune homme ému, cérémonieux et familier.

C'était donc ça, se disait-elle, c'est arrivé.

L'été 55, il y eut un conflit et des manifestations aux chantiers navals de Nantes ; un ouvrier des bâtiments, Jean Rigollet, fut tué le 19 août par les CRS. On envoyait les réservistes en Algérie. Mais Madeleine et Guy vivaient hors du temps. L'arrière-saison avait pour eux le charme indéfini et paresseux de l'été.

Il fit beau, même tard en septembre. À midi, sur le littoral, entre Pornic et Les Sables-d'Olonne, le soleil chauffait les plages comme en plein milieu du mois d'août. Avec son Kodak neuf, Guy a photographié Madeleine appuyée au pare-chocs de la quatre-chevaux, un peu guindée, main en visière. Davantage l'air d'une étrangère que des starlettes américaines sur les journaux. En fond de décor, on voit deux lignes parallèles, plates, horizontales : l'une gris pâle – celle du sable –, et l'autre, d'un gris plus soutenu – celle de la mer.

Ils marchaient sur la plage, à la lisière des premières vagues, puis obliquaient dans le vaste bois de chênes verts et de pins qui borde les dunes. Il est parcouru d'allées de sable jonchées d'aiguilles. Elles sentent le sel, les oyats, la résine. Elles donnent sur des plages aux noms démodés et charmants : Les Demoiselles, Les Dames. La côte était en plein essor. On avait commencé à construire des villas de location dans le bois de pins. Elles avaient toutes des noms écrits en lettres de fer forgé ou en carreaux de faïence sur les murs, *L'Océan, Les Mouettes, Grand Large.*

Hors saison, le bois de pins est désert. Quand nous étions enfants, l'été, en fin d'après-midi, les élèves du club d'équitation allaient y faire leur promenade. Il fallait se ranger pour laisser passer les chevaux. Je parle de ce que j'ai connu, moi, quinze ans après ces fiançailles. Au retour de la plage, on croisait les « enfants de la colonie » en rang derrière leurs monitrices ; on les entendait arriver de loin ; ils chantaient : « *Un kilomètre à pied, ça use, ça use...* », les plus petits, derrière – ceux qui donnaient la main à la fille de la queue, une grande bringue avec des nattes –, serraient en pleurnichant leur maillot mouillé et salé contre leur cœur.

On nous disait, à mon frère et à moi : « Plus tard, ce sera la colonie si les résultats ne sont pas meilleurs à l'école, si vos notes continuent à "dégringoler" ; l'été prochain, on vous mettra en colonie. Vous verrez ce que c'est, la colonie. » Ils chantaient : « *Les jolies colonies de vacances, merci maman merci papa* » ; ça ne m'a jamais fait rire. Je crois même que depuis cette époque, le mot *colonie* – comme le mot *dortoir* qui lui était généralement associé – créait en moi une petite angoisse dont les répercussions ne se sont pas encore apaisées aujourd'hui.

Ils pique-niquaient dans les pins, ou Guy réservait une table au restaurant d'un quelconque hôtel de la plage (ou du front de mer). Le chef allait chercher pour eux dans le vivier les homards et les crabes vivants. Il venait les présenter à leur table, les retournait : une belle femelle « au ventre plein ».

« Un homard ? Il ne s'est pas fichu de toi », disait, le soir, grand-mère, à la fois réprobatrice et rêveuse.

C'est là sans doute, un midi, que Guy a fait « sa demande », qu'il a offert le petit « solitaire » que ma tante a porté toute sa vie.

Septembre s'avançait. Des bandes d'étourneaux traversaient le ciel. À la campagne, on avait fait les vendanges.

— J'avais repris l'école, me disait ma mère. C'était ma dernière année. Je savais que Madeleine allait partir loin, que nous ne la reverrions pas de sitôt, que j'allais me retrouver seule avec ta grand-mère, et j'étais triste. C'est la première fois dans ma vie – et je n'étais pas bien vieille – où j'ai senti le passage du temps. J'avais l'impression que Madeleine ne se rendait pas compte des choses, qu'elle s'étourdissait. Je me rappelle qu'un soir où nous allions nous promener toutes les deux vers le bois, comme d'habitude, je lui ai demandé :
"Tu es sûre ?"
« Elle a eu l'air surpris.
"Sûre de toi ? Sûre de ton choix.
— Pourquoi ?"
« Elle a simplement haussé les épaules, avec

son petit sourire bref et sauvage. J'ai compris que j'avais fait une erreur. Je l'avais blessée. C'était impossible de parler entre nous, même entre sœurs, de choses intimes. Ça paraissait presque indécent. Il aurait fallu pour cela des phrases codées du genre "Les Anglais ont débarqué". Ou celles qu'utilisaient les résistants entre eux pendant la guerre.

Les jours de rendez-vous, Madeleine passait du temps à se préparer, se coiffer, mais ne semblait en rien troublée. Il y avait au contraire en elle quelque chose de déterminé, comme si ces fiançailles étaient un effet de sa volonté. En rentrant, elle s'enfermait dans sa chambre. Grand-mère s'en apercevait ; quelquefois même, en son for intérieur, elle devait s'avouer que malgré sa satisfaction de la voir enfin à l'abri et « casée », elle restait soucieuse : d'abord parce qu'il fallait renoncer à sa fille ; le départ en Afrique la chiffonnait. Elle disait à ma mère : « Je n'aime pas trop ça. » Elle trouvait que Guy insistait, qu'il pressait le mouvement :

« Laissez-la respirer, avait-elle dit un jour. Elle vous connaît à peine. »

Elle cherchait aussi à sonder Madeleine, elle lui disait : « Prends ton temps. Tu n'es jamais sortie, tu as eu très peu d'occasions, et tu n'as aucun point de comparaison. Tu ne vas jamais danser. Si seulement tu étais allée danser, tu aurais rencontré d'autres hommes. Laisse-le "mariner". »

Elle suggérait (son rêve secret) : « Tu aurais

pu rencontrer un médecin. Je ne comprends pas que tu n'aies pas rencontré un médecin. Tu en croisais à l'hôpital. Tu aurais eu des points de comparaison (c'était son mot – leur mot à toutes : des *occasions*, des *points de comparaison*, comme au marché). Dis-lui d'attendre. Guy est très bien, je n'ai rien contre lui, mais personne ne t'oblige à te marier. Tu n'es pas engagée.»

La discussion tournait court. Madeleine y mettait fin, à sa manière à la fois laconique et mystérieuse. Un soir où elles étaient à table, elle avait dit : «Je ne veux plus qu'on parle de ça. J'ai vingt-six ans. J'ai pris ma décision. Je vais me marier.»

3

Peu de temps après, pourtant, un soir de cet automne – ma mère n'en a rien su mais Guy l'a plus tard raconté à Sophie –, il y avait eu entre eux un problème, une ombre sur laquelle il s'interrogeait toujours.

Ce jour-là, il avait emmené Madeleine dans une sorte de guinguette au bord de la Loire. Chalonnes-sur-Loire, c'est le nom de l'endroit, une bourgade entre Nantes et Angers.

Le changement d'humeur de Madeleine avait commencé à la fin du dîner, et il n'avait jamais compris pourquoi. C'était pourtant charmant, idéal pour des fiançailles – car ils étaient désormais fiancés –, ce petit restaurant de Chalonnes.

L'excursion s'était bien passée. Ils avaient fait un bout de chemin au bord de la Loire, sur une levée, en admirant les roses trémières et les maisons. Il avait fait remarquer que les roses trémières ressemblent à des fleurs en papier crépon. Ils avaient parlé de problèmes d'organisation, des démarches qu'elle avait faites pour quitter l'hôpital, de détails du mariage, des invitations, de tout ce qu'il fallait commander : des draps, des serviettes, des nappes, des malles qui partiraient avant eux par bateau. Il avait parlé de Douala et du port.

En revenant vers la voiture, il avait dit : « On pourrait entrer là. »

Le soir tombait lentement. À un moment (ils commençaient juste à dîner, à côté d'une fenêtre), le soleil rouge, exactement dans l'axe de la Loire, au ras de l'eau comme dans les dessins, avait été magnifique, une image idéale mais brève du couchant. La Loire, lisse comme de la soie, très large et immobile, gardait le reflet inversé des maisons et du pont dont les arches doublées dessinaient des cercles parfaits. Puis tout avait foncé ; ils entendaient des rires et des gens qui parlaient ; les voix venaient des plates qui passaient sur l'eau.

Guy n'était pas pressé de rentrer. Il se sentait sentimental ; il avait essayé de prendre la main de Madeleine. De manière incompréhensible, elle l'avait retirée et ils étaient restés tout un moment sans rien se dire, en tête à tête, lui, blessé. Elle regardait tantôt son bracelet-montre, tantôt la fenêtre ouverte dans laquelle voletaient les premiers papillons de nuit, ou ces petits insectes, des moucherons, qui montent, les soirs humides. Le ciel était devenu mauve, chien et loup, il sentait déjà l'automne, une odeur de bois et de feu éteint.

Madeleine avait l'air triste ; elle picorait dans

son assiette, maussade, les lèvres pincées. Il s'était dit que c'était le chagrin de partir, l'angoisse devant ce grand changement de son existence, ou ce sentiment qui vous prend (la nuit montait) devant des moments qu'on voudrait retenir, quand on prend conscience, tout à coup, d'une certaine manière poignante et humaine, du temps qui glisse autour de vous,

en vous?

Peut-être qu'elle sentait que sa vie lui échappait.

Il s'était dit : elle est nerveuse. Les femmes le sont toutes.

On venait d'allumer une lampe à l'extérieur. La serveuse vint fermer la fenêtre. Elle échangea quelques mots avec Guy sur la baisse des températures. Madeleine ne disait rien.

Guy se sentait mal à l'aise. Lui aussi regardait sa montre; il avait demandé : «Voulez-vous une glace, Madeleine? Je prendrais bien une glace, moi.»

Elle avait refusé, et il avait protesté tendrement : «Vous ne mangez rien; ce n'est pas raisonnable.»

Elle s'était encore assombrie, comme un paysage. Était-ce lié à des désagréments intimes? C'était ce qu'il s'était dit. Il s'était dit aussi que des souvenirs tristes lui revenaient – cela arrive –, que dans un couple, on ne parlait pas de tout, que chacun garde malgré soi, quoi qu'on fasse, sa part de solitude. Cela l'avait attristé lui aussi.

Le reflet du pont avait disparu. L'eau, qu'ils

voyaient depuis la fenêtre, était sombre comme du goudron. La Loire paraissait transformée en douve monumentale. Par endroits, elle reflétait encore les traces des façades pâles des maisons de Chalonnes, mais les voix indifférentes et joyeuses qui provenaient de barques invisibles – celles de gens insouciants dont ils ne faisaient pas partie ce soir – continuaient à s'entendre au loin. Difficile de savoir où allaient les barques, si elles continuaient simplement, pour le simple plaisir de glisser, au fil du courant, ou si des parties de pêche étaient en cours.

Il dit : «Je ne savais pas qu'on pêchait aussi tard», juste pour dire quelque chose.

Comme Madeleine frissonnait, il se pencha : « On est près de l'eau, c'est toujours plus humide ; vous êtes sûre que vous n'avez pas froid ? Madeleine, vous êtes gelée (il la vouvoyait encore). »

Il avait essayé cette fois de toucher son poignet : «Votre robe est beaucoup trop fine. Je vais vous prêter ma veste. Moi, je n'ai pas froid du tout.»

Il s'était levé. Il avait voulu poser la veste sur ses épaules.

Elle l'avait repoussé. Elle tremblait continuellement et serrait les lèvres. Elle avait sorti un gilet de son sac et l'avait boutonné ; il avait remarqué qu'une ombre bleue marquait ses cernes ; elle avait la peau pâle, une peau de blonde, et cela arrivait quand elle était très fatiguée.

Rien, ensuite, n'avait pu alléger l'atmosphère : Madeleine répondait par monosyllabes. Elle avait marché à côté de lui sans un mot quand ils étaient sortis du restaurant, quand ils avaient longé la Loire remplie par les vagues reflets de la nuit.

Pourtant, il s'était fait une joie de la ramener avec lui. Il avait sans doute espéré qu'elle se serrerait contre son épaule, qu'ils auraient le sentiment d'être dans un bateau qui traverse une mer sombre, un couple heureux devant l'avenir, voilà ce qu'il s'était dit. Mais elle restait très droite, à peine appuyée au dossier du siège. Elle ne paraissait pas heureuse.

Il avait conduit sans rien dire, le long de routes bordées de grands arbres, tandis qu'elle continuait à se taire. Il l'observait du coin de l'œil. Sa nuque, ses cheveux ondulés, brossés avec soin, les reflets qui passaient sur ses yeux pâles, son buste étroitement boutonné dans son petit gilet gris. Elle tremblait toujours.

Les gros bourgs qu'ils traversaient glissaient de part et d'autre de la route, avec leurs épiceries, leurs drogueries, leurs boulangeries aux vitrines noires, puis des maisons éparpillées, endormies, fermées derrière des grilles. Des poteaux, des arbres qui, parfois, en raison des lumières d'une fenêtre isolée, se détachaient sur l'enduit sombre de la nuit avec la masse vivante de leur feuillage.

Ils s'éloignèrent du fleuve et, sur de longues portions, il n'y eut plus de maisons ; leurs phares (deux ronds tout jaunes) éclairaient les grands arbres du bord de la route, les haies d'épines, de noisetiers, c'était la fin des mûres; des chiens aboyaient au passage de la voiture, des murs de jardin glissaient, des fenêtres brillantes et vides, puis à nouveau des champs.

Il avait obliqué dans un chemin désert sur la droite, entre des champs, il avait coupé les phares; il voulait la réconforter, la prendre dans ses bras.

« Madeleine, avait-il dit, Madeleine. »

Elle l'avait repoussé et s'était mise à pleurer.

4

Les photos du mariage datent d'un mois plus tard : Guy, costume sombre, mèche plaquée à la brillantine, paire de gants à la main, le front haut – il se dégarnira jeune. Et Madeleine, à peine plus petite, avec son curieux regard clair et comme rentré vers l'intérieur, appuyée contre lui. Madeleine « magnifique en mariée », naturellement, toute en blanc dans une de ces robes montantes, ajustées, à manches gigot, vaguement hollywoodiennes qui étaient à la mode en 55 : un corsage « à petits boutons » recouverts de satin ; un voile en tulle de plusieurs mètres qui s'amassait par terre en bouillonnés, une gerbe de lys ; elle a ce charme raide et distingué qui, des années plus tard, ferait toujours siffloter à mon père :

> *Madeleine c'est mon Noël*
> *C'est mon Amérique à moi*
> *Même qu'elle est trop bien pour moi*
> *Comme dit son cousin Joël*

Que pense-t-elle sur cette photographie coûteuse, signée du paraphe prétentieux d'un photographe nantais?

Je me le demande, ce soir.

Elle est impénétrable. Est-ce à cause de ses yeux si clairs? Elle a eu vingt-six ans en mai; à cette époque, c'est tard pour un mariage; elle a choisi Guy: «J'ai pris ma décision», c'est ce qu'elle a dit à sa mère. Il est grand, énergique, drôle, d'un sérieux qui la rassure et lui plaît; c'est un homme sur qui elle pourra s'appuyer.

Mais sur ce qui l'attend, elle ne doit pas savoir grand-chose, avec l'éducation qu'elle a reçue, élevée chez les sœurs dans un de ces établissements d'enseignement catholique pour filles, intransigeants sur les principes, un de ceux qui préparent au «brevet». On s'est contenté de lui dire: *C'est la nature, c'est normal. C'est mieux que de rester vieille fille, il faut passer par là. Tu ne seras pas la première, tu ne seras pas la dernière. Tu ne passeras pas entre les mailles du filet.* Les phrases codées des femmes entre elles.

À l'adolescence, elle a surpris des conversations entre sa mère et sa tante Émilienne. Elles se taisaient quand elle approchait, et grand-mère avait beau exprimer sur les hommes toutes les réserves possibles, elle fredonnait toute la journée: «*Deux petits chaussons de satin blanc*», ou «*Fou de vous, je suis fou de vous*».

Un soir du mois de septembre, dans les jours de l'excursion à Chalonnes, après un essayage, elles ont discuté un moment du modèle de la robe, de la taille plus ou moins appuyée (*Pas trop, quand même; c'est une robe de mariée; ça doit rester décent*), des gants, du métrage de tulle pour le voile. La conversation a glissé vers une conversation intime, mère et fille. Grand-mère a dit : « Tu auras sans doute des enfants. »

Elle n'a jamais su s'y prendre avec Madeleine, à cause de son mutisme et de son caractère bizarre (ce tempérament « renfermé », « Le Tellec »). Comme la plupart des mères de cette époque, elle pense qu'on ne devrait pas aborder ce genre de sujet, surtout entre deux femmes dont l'une est le produit de l'autre. Ça ne se fait pas, c'est tout. C'est assez difficile comme ça. La vie est bien assez difficile. Déjà, elles sont sorties de la guerre. À Nantes, le jour du grand bombardement, de toutes jeunes filles qui se trouvaient rue du Calvaire ont enjambé des morts en sortant des abris. Elles ont vu des bouts de bras, des tronçons de corps. La petite Marcelle (quinze ans), la fille de voisins, les Bonneau, s'en est sortie, mais à quel prix ? Ce jour-là, elle allait au cirque pour accompagner son petit frère, le petit frère a eu peur d'un clown, ou d'un acrobate, ou d'un ventriloque, ou d'un de ces vieux tigres malades qu'ils font sauter dans des cerceaux, toujours est-il qu'il s'est mis à hurler et qu'il a fait une comédie, qu'ils ont renoncé, qu'ils sont entrés dans un abri, et qu'ils n'étaient pas sous les bombes. Il n'est plus rien resté du cirque. Tout a été détruit, rue du Calvaire, la bien nommée, et Marcelle doit s'estimer heureuse, même si, depuis, elle fait des cauchemars toutes les nuits.

Oui, on doit s'estimer heureuses, a pensé grand-mère en regardant sa fille. Heureuses de vivre ; il faut passer par les étapes ; c'est pareil pour tout le monde. Une fois que c'est commencé, on ne peut pas s'en extraire : on ne peut pas reculer ; on ne peut pas revenir en arrière, regarder toujours en arrière. Le mariage est « une loterie ». La vie est une loterie.

Elle a dit : « Tu as vu ? Il fait noir plus tôt maintenant. Passe-moi du papier de soie, veux-tu ? »

Elle est passée à des sujets plus futiles : « Il faudra que tu prennes des robes légères, du coton. As-tu assez de robes en coton ? J'ai reçu ma commande de chemises de nuit. Je t'en ai mis deux ou trois de côté. Les plus belles. Et celles-là, ce n'est pas de la dentelle mécanique. Du Valenciennes, je te prie de croire : du Valenciennes. Il faut que tu emportes ce qu'il te faut, je ne sais pas trop ce que tu trouveras. » Elle a dit après un léger silence : « En Afrique. Je ne pense pas qu'il te faille des combinaisons ; ça tient chaud, les combinaisons. À ta place, je n'en prendrais pas. »

Madeleine restait silencieuse, le front contre la vitre, son profil droit, un peu austère, ses cheveux blonds, brossés avec ce mouvement ondé sur la nuque qu'elle leur donne, si élégant. Une rose trémière avait poussé contre le mur du jardin, des graines apportées par le vent ; dans l'ombre, ses curieuses fleurs, sèches et décoratives, avaient l'air de végétations marines.

«Je te mets combien de chemises de nuit? a insisté Grand-mère. Tu m'écoutes?»

Elle voyait la pièce et sa fille reflétées sur la vitre; elle devinait l'angoisse vague qu'elle ressentait devant la vie; mais que faire?

Le bruit d'un réveil venait de l'intérieur d'une chambre, une porte restée ouverte (ils mettaient des réveils partout; je ne sais pas comment ils supportaient d'entendre toute leur vie le mouvement régulier du temps). Sur la vitre, les meubles de la cuisine paraissaient projetés dans la nuit, comme s'ils vivaient entre les arbres. Comme si, même en sortant dans le jardin humide, déjà abîmé par l'automne, on allait se cogner encore aux meubles de l'intérieur.

Elle a dit : «Tu vas faire un très beau voyage, tu te rends compte? Tu as de la chance. Moi, je n'ai jamais eu la possibilité de partir. Je suis restée ici.»

Elle a chanté :

Moi je n'ai jamais fait de beau voyage de noces
En monta-gne
Pourtant j'en avais fait des châteaux comme les gosses
En Espa-gne.

*

Elle l'a chanté aussi, pendant le repas du mariage. Elle s'est rassise; elle a été très applaudie. Et sa sœur Émilienne a chanté :

Le jour où je vous aperçus
Dans une glace à votre insu
Vous remettiez un peu de poudre
Vous étiez belle à en mourir

Dans la famille, on a toujours dit que ç'avait été un beau mariage. Il était tard dans la saison pour qu'il y ait beaucoup de chaleur mais il faisait beau ; une de ces lumières vaporeuses et dorées qui rendent si bien sur les photographies.

Le matin, il y avait beaucoup de rosée, un brouillard fin comme un voile. La terre était trempée, puis le soleil était monté, les derniers bourdons remuaient dans les fleurs. C'était la fin des hortensias. Ils avaient pris leurs couleurs rouille et parme de fin de saison.

La messe, célébrée par Joseph, rentré d'Afrique pour l'occasion, était à onze heures. Sur les photos, ma mère, toute jeune, porte une curieuse coiffure en plumes qui, avec ses cheveux frisés, la fait ressembler à Élisabeth d'Angleterre.

Ils ont fait les choses dans la tradition : un photographe pour la sortie de l'église, un vin d'honneur juste après la signature des registres, un copieux déjeuner à la salle paroissiale : macédoine au jambon, merlu au beurre blanc, médaillons de veau, petits pois, salade, plateau de fromages, marquise au chocolat, bombe glacée, vin, champagne.

Comme toujours, dans les mariages, le repas s'est éternisé. Il a duré jusqu'au milieu de l'après-midi, il s'est étiré jusqu'au bal du soir. Le soleil a tourné à peu près au moment du fromage, et la courte lumière d'octobre est descendue au bas des murs. Les tables étaient bruyantes ; on essayait de trouver des points communs entre les deux familles ; les hommes parlaient de leurs affaires, Guy serrait des mains, se penchait avec une plaisanterie pour chacune des cousines, les femmes se complimentaient sur leurs robes, se plaignaient de trop manger, racontaient des histoires de famille, faisaient leurs petits commentaires : « Il était temps, disaient certaines, à l'âge où elle arrive ! » Elles resserraient l'élastique de la queue-de-cheval des petites filles énervées qui couraient dans la salle, soupiraient : « Calme-toi, arrête de t'échauffer, tu ne pourras pas dormir ce soir. Regarde dans quel état tu es ! »

Des cousins flirtaient avec leur cavalière : robes de mousseline, fleur en tulle dans les cheveux. De vieux couples, du côté Le Tellec, étaient en noir, comme autrefois dans la région. (On les reconnaissait tout de suite, disait ma mère. C'était frappant. Ils n'avaient pas l'air à l'aise dans la joie générale.)

Une femme « de leur côté » avait chanté : « Le mouchoir rouge de Cholet ». C'est une vieille chanson régionale. Elle commence par une sorte de récitatif bas et monotone : « *J'avais acheté pour ta fête* », puis la voix monte, atteint des notes plus aiguës sur « *Il est si rouge qu'on dirait* ». Par émotion, la femme n'avait pas pu continuer. Des gens murmuraient : « Ce n'est pas un sujet pour un soir de mariage ; ça n'a pas le sens commun. »

Quand le bal a commencé, les premiers invités sont partis, les plus vieux, ceux qui étaient en noir, le côté Le Tellec. Ils tenaient moins bien désormais, ils étaient fatigués, ils remerciaient et disaient poliment : « Vous allez vous retrouver plus seule, votre aînée partie » ; ils disaient aussi, en manière de consolation : « La vie est comme ça, il reste la dernière. » Ils étaient un peu sauvages et ne savaient pas s'amuser. On l'expliquait parce qu'ils étaient, pour certains, des maraîchers qui travaillaient la terre, et que le travail de la terre n'incite pas vraiment à la parole. Ils retournaient à une vie que personne ne connaissait exactement. Derrière leur dos, les autres essayaient de les situer, de reconstituer les cousinages, les héritages. On les oubliait et ils ne venaient jamais vous voir. C'étaient pourtant des gens fidèles qui envoyaient toujours des cartes au Nouvel An. Quand ils mouraient, on s'apercevait que, sans le dire, ils vous étaient attachés, ils avaient attendu toute leur vie un geste que vous n'aviez pas fait.

Ma mère m'a dit : C'est la première fois que j'ai eu le droit de rester toute la nuit à un bal.

Et après, peu à peu, comme pour tous les mariages, dans ces vies provinciales, régulières, qui tenaient encore au siècle d'avant, comme toutes les fêtes carillonnées – les enterrements, les communions et les baptêmes –, le mariage de Guy et Madeleine est devenu un repère à partir duquel on comptait dans la famille, un repère neutre du temps ; on disait : le soir du mariage de Madeleine, l'année du mariage de Madeleine, deux ans après le mariage de Madeleine – un mariage, c'est comme la mort : on ne peut pas en parler puisqu'on le voit toujours de l'extérieur. Personne n'en connaît le secret.

5

Dès le lendemain, Guy et Madeleine ont quitté Nantes pour Paris ; ils ont envoyé une carte avec la tour Eiffel, ils disaient qu'ils avaient dîné dans une brasserie des grands boulevards. Ils signaient tous les deux. De Paris, ils ont pris le train pour Marseille où ils ont embarqué fin octobre, sur le *Mangin*, le *Général Mangin*, tout neuf, un des trois liners de la compagnie Fraissinet-Cyprien Fabre. Il venait de sortir des chantiers de Saint-Nazaire.

On entrait dans l'automne ; les pluies gagnaient la région nantaise, c'était l'époque qui précède la Toussaint ; les tempêtes battaient la côte, et quand revenaient quelques journées d'un beau temps presque miraculeux, la lumière était fatiguée, violente et rase, la chasse commençait. On entendait des coups de feu dans la campagne.

Pour eux, en revanche, sur le bateau, la chaleur s'installait. Ils ont fait escale à Cadix, puis à Casablanca.

Sur le bateau, ils croisaient d'autres couples

comme eux. Certains retournaient en Afrique, certains s'y rendaient pour la première fois ; ils allaient travailler comme médecins, ou dans l'administration coloniale mise en place par la métropole, ou dans des plantations où ils seraient « conducteurs des travaux agricoles ». Ils tentaient leur chance. Il y avait de tout à bord, pour la plupart des gens de condition plutôt modeste, des « petits Blancs », qui partaient parce qu'ils cherchaient du travail. Les colonies, pour eux, c'étaient des listes apprises à l'école : l'Algérie, le Maroc, le Tonkin et la Cochinchine. Les dîners étaient animés ; les habitués renseignaient les autres, ceux qui n'avaient pas encore fait « l'épreuve du feu ». Ils riaient, ils parlaient des nuits, des villages perdus, de la viande crue couverte de mouches. À l'époque, près de cinq mille Européens vivaient à Douala. Sans compter les fonctionnaires répartis sur le territoire, les militaires, les planteurs de bananes, de cacaoyers, d'hévéas, les Pères blancs des missions.

Après le Maroc, une longue descente a commencé le long des côtes de l'Afrique. Quand le *Mangin* ne pouvait pas accoster parce que le port était dangereux ou insuffisamment équipé, les canots étaient descendus le long de la coque avec bagages et passagers. Du rivage, on venait les chercher en pirogues. Les autres les regardaient d'en haut, faisaient des signes, riaient à cause des secousses de ce débarquement bizarre, et voyaient les pirogues s'éloigner avec un pincement dans la région du cœur. Madeleine écrivait :

«C'était impressionnant. Des gens qu'on ne reverra jamais. »

La nuit, le *Mangin* mouillait à distance de la côte ; c'était comme s'il n'y avait pas eu la moindre trace de ville au loin – juste de petits foyers dont on ne savait pas l'origine, des feux, disaient les officiers du bord. Le jour, mais si ténue sur l'horizon, comme s'ils la rêvaient, ceux qui avaient de bons yeux devinaient une ligne de cocotiers minuscules.

III

1

J'ai cherché dans des manuels d'histoire et des guides. J'ai trouvé des études sur la décolonisation, les noms des leaders du mouvement, les forces en présence. Mais rien – ou presque – sur ce qu'était Douala autrefois. J'imagine qu'avec ses cases blanches entre les cocotiers sur les bords du Wouri, la ville pouvait avoir l'air d'une des petites stations balnéaires de la côte atlantique ; les premières villas de location, celles qui datent de l'aménagement de la côte – 30 ou 40 –, ont été construites dans les mêmes années. Elles ont la même architecture.

Certains jours, en me promenant dans les allées de la forêt de Monts, surtout en fin de saison, quand il fait chaud, que la plupart des maisons sont fermées, il m'est arrivé de me dire que cela pouvait ressembler à l'Afrique de ces années, que cela pouvait m'en donner une idée, à moi qui ne l'ai pas connue, à cause du sable, des maisons blanches dans la verdure, du silence, d'un sentiment de passé et d'abandon que j'éprouve de façon rétrospective – le sentiment d'atteindre le fond de l'existence. Il m'est arrivé de me dire que ma tante Madeleine, morte aujourd'hui – elle est enterrée avec son mari au grand cimetière du Pont du Cens – pourrait surgir entre les pins et les maisons fermées, en tenant par la main la « petite Sophie », comme sur la photo de l'année 58. Et mon père recommencerait à siffloter :

> *Ce soir j'attends Madeleine*
> *On ira au cinéma*
> *Je lui dirai des « je t'aime »*

J'ai vu la large piste rouge en latérite qui rentrait dans Douala et devait être la route de l'Aviation. Sur les photos, elle est grise. Le reste de la ville, en dehors du quartier administratif et de ses avenues à angle droit, était fait d'un entassement d'échoppes sombres et désordonnées comme des intérieurs de garage ; le ciel était gris, orageux, l'air suffocant – un voile humide. Vers six heures, on avait l'impression que quelque chose couvait dans la touffeur des massifs ; la ville devenait bruyante, les oiseaux des vasières s'abattaient sur les arbres ; ils détérioraient tellement les jardins qu'il fallait faire venir des chasseurs ; on entendait des coups de feu dans la ville, on tuait des oiseaux par centaines ; quand on tirait en l'air, ils fuyaient et migraient vers l'estuaire, il y avait sans arrêt la menace des oiseaux. Ils étaient trop lourds pour les branches, ils couvraient les jardins de leurs déjections.

Tout cela enveloppé par la fumée des feux de déforestation – on voyait des départs de feu le long de la route. On respirait leur odeur de cendre légère, de bois mouillé, de soir tombant.

Les gens sortaient, se parlaient; les enfants se poursuivaient en criant, les femmes les disputaient. C'était comme toutes les villes du Sud. Le crépuscule y était bref. Il y avait dans le soir quelque chose de poignant.

Il ne doit pas rester grand-chose du vieux Douala. Le port a été modernisé et agrandi; des avenues ont été tracées, d'autres ont été élargies selon les plans d'un nouvel urbanisme; ils ont étendu l'aéroport. Les bâtiments blancs à galeries, terrasses et colonnettes ont été remplacés par des immeubles plus hauts que les cocotiers, ce qui change les proportions.

Les rues ont changé de nom. Quelles sont celles qui subsistent parmi celles dont je suis la trace sur un plan actuel de la ville? le boulevard des Nations-Unies? le carrefour des Deux-Églises? la route de Ngkongsamba? l'avenue du Vingt-Sept-Août?

L'allée des Cocotiers existe toujours; le boulevard du Général-Leclerc qui longe le port date évidemment de la présence française: Leclerc a débarqué à Douala le 26 août; le lendemain, il obtenait le ralliement du Cameroun à la France libre; mais il y a des avenues du Général-Leclerc dans toutes les villes; ce sont toujours de grandes percées larges, sans caractère, qui évoquent l'avancée de chars ennemis.

Il reste les quartiers de Bonanjo, d'Akwa, ou de New Bell.

J'ai trouvé, indiqués sur le plan, la cathédrale Saint-Pierre-et-Saint-Paul, et l'hôpital Laquintinie.

L'avenue Raymond-Poincaré où se trouvait le grand hôtel Akwa Palace a été rebaptisée «boulevard de la Liberté» après l'indépendance. De l'Akwa Palace (un «trois étoiles» aujourd'hui) il est dit dans mon guide : «C'est le vieil hôtel plein de charme qui, au temps de la colonisation, fut l'orgueil de l'hôtellerie camerounaise ; les vastes chambres de la partie ancienne tombent quelque peu en ruine. »

Et des lieux dont je ne sais pas s'ils existaient du temps de Guy et Madeleine, mais je ne pense pas qu'ils les aient fréquentés parce que ce n'était pas leur univers : le «tennis club», le «club nautique». S'agit-il du Parallèle 4, l'ancien dancing ? Il se trouvait à gauche du port, au pied de ce qu'on appelait «la falaise» à l'aplomb du square Nachtigal : en bas, il y avait une plage, une guérite couverte en tôle faisait bar ; on y dansait. On mangeait des brochettes au pili-pili. C'était plus décontracté, moins guindé qu'à l'Akwa Palace.

Les photos que m'a laissées Sophie montrent des bâtiments blancs, abîmés par l'humidité, bordés de galeries à colonnettes. Il y a eu à peu près les mêmes à Saigon ou à Tanger. Des marchés, des cours, des préaux (ceux de dispensaires ou d'écoles), des terrains vagues où des enfants jouent au foot. Des places ombragées d'arbres sombres qui semblent pousser en largeur. Peut-être des manguiers sauvages. Les grues et les quatre bassins de mouillage du port. La gare centrale, la poste, la place du Gouvernement, la chambre de commerce et d'agriculture, le magasin Printania, une succursale du Printemps.

Des pistes traversant la forêt, des pirogues sur le Wouri : ils organisaient des courses nautiques ; l'estuaire est pris légèrement de travers.

Des entrepôts, ceux des Établissements Suarès, le concessionnaire Citroën. C'était juste derrière le port.

Des cases rondes, en poto-poto, à toits coniques, à moitié recouvertes de feuilles de bananier larges comme des oreilles d'éléphant. Des groupes d'hommes défiants, torse nu, autour du chef du village.

Chefferies à la sortie de Douala.

Dschang, dans la montagne, vers le nord. On dirait un nom chinois. Il y faisait frais ; ils y allaient pour se reposer du climat fatigant de Douala. Il paraît que c'était très beau, que ça ressemblait au Massif central. Il y a une photographie prise au restaurant de la station climatique. Madeleine est seule, au fond de la salle, de profil. Elle regarde un paysage qu'on ne voit pas. Au dos :

Noël 57 à Dschang.

Le soir, Douala était bruyante, il y avait des embouteillages. Au bord des trottoirs sont garées des quatre-chevaux, des « C11 légères ».

Beaucoup de Noirs, en ville, sont en costume européen : les hommes en chemisette, les femmes en robe légère. Ce sont ceux de la classe intermédiaire, la nouvelle bourgeoisie.

On voit des classes photographiées avec leur instituteur en complet, qui croise les jambes. La promotion de l'école d'infirmières. Les diacres d'une mission autour d'un père blanc barbu.

La façade du cinéma Le Wouri (ou était-ce Le Paradis?) ressemble à celle des cinémas qu'on trouvait encore, il n'y a pas si longtemps, en province – à moitié cinémas, à moitié salles de spectacles. En 58, ils y ont projeté *Et Dieu créa la femme* avec Brigitte Bardot. Une partie de la colonie française était là; tout le monde attendait ça; tout le monde voulait voir l'actrice. Mais ils n'ont vu que les actualités. Un groupe d'indépendantistes a fait irruption au début du film et la projection s'est interrompue.

Les Noirs se sont massés au fond du cinéma. Il paraît que les Blancs reculaient vers l'écran en silence; il y avait une sortie de secours à l'arrière mais elle n'avait jamais servi et l'accès à la rue était barré par une clôture métallique fermée par un cadenas.

Au fond de la salle, les indépendantistes, eux aussi silencieux, ne bougeaient pas. En fait, ils n'étaient pas armés; les autres l'ignoraient. On ne savait pas pourquoi ils étaient entrés, sur quel mot d'ordre. Il y a eu un mouvement de panique. En poussant, ceux qui étaient devant la sortie de secours ont réussi à faire sauter la grille. Mais un type du dernier rang, un des Blancs, a pris peur ; c'est lui qui a déclenché la bagarre, en soulevant une chaise pour se défendre.

Quand ils étaient sortis, il y avait du sang sur une voiture.

2

Il y a des dizaines de photos de ma tante, là-bas. Elle est tantôt assise, dans une de ses robes claires à jupon large, pieds nus ou en sandales, sur les deux ou trois marches donnant accès à la galerie à colonnade qui faisait le tour de leur case, tantôt penchée, coudes écartés, sur la rambarde formant balcon de cette petite galerie en bois. Il y en a aussi où Guy fume la pipe, accoudé à une des colonnes – un genre qu'il se donnait là-bas, qui allait, selon lui, avec « la vie coloniale ».

D'après ce que j'ai compris, leur case ne se trouvait pas dans le quartier administratif, près de la place du Gouvernement et du port, mais aux lisières du quartier africain de New Bell. Elle était entourée de toute une végétation luxuriante et dépenaillée de grands arbres : des cocotiers, des avocatiers, des manguiers. C'étaient des parcelles loties. Il n'y avait pas de trottoir. Un simple fil de fer séparait le jardin de la rue. Les murs de la maison étaient en dur, les fenêtres sans vitres, fermées par ce genre de volets à lamelles qui

protègent à la fois de la chaleur et de la lumière
– des claustras.

À l'intérieur, c'était sommaire. Meublé par l'administration ou la direction des grandes compagnies. Quelques meubles, de gros ventilateurs à pales. L'électricité. L'eau courante. Des chambres presque nues, des lits couverts de moustiquaires grises. Madeleine les avait lavées en arrivant.

Elle écrit dans ses lettres : « La maison n'est pas bien entretenue. »

Ils avaient un boy, Charlie, un Bamiléké, un baptisé – Charles était son nom de baptême. Quand on l'interrogeait, il riait beaucoup et s'exclamait : « Ouh là là ! » comme si les questions qu'on lui posait étaient un peu ridicules.

Madeleine fut effrayée par sa première visite à la cuisine ; elle avait les scrupules hygiénistes des infirmières et voulut lui apprendre à laver les légumes et les fruits dans du permanganate. Elle arrivait, très blanche, pleine de bonnes intentions, avec son côté « institutrice anglaise », son vieux fonds rationnel et catholique. Il l'écoutait mais en pensant à autre chose. Il avait vite eu barre sur elle et traversait la maison sans faire de bruit, pieds nus, doucement rétif, doutant avec entêtement et méthode de l'existence des microbes et des bactéries. Il parlait sans arrêt de Mme Neveu, la précédente locataire ; il l'appelait « madame Virginie » comme s'il s'était agi au moins de Mme Adélaïde ou d'une des Filles de

France. « Madame Virginie », disait-il, ne lui parlait pas des microbes et ne lui faisait pas balayer l'intérieur de la maison. Il laissait entendre que l'économie domestique des Neveu n'avait rien à voir avec celle, modeste, des Morand, que les plats que préparait madame Virginie (notamment un poisson au riz) étaient nettement plus réussis.

Avec une grande sûreté de jugement, il avait très vite évalué Madeleine, sa faible surface sociale ; il avait flairé sa timidité, son côté provincial et nantais. Il la situait très en dessous de madame Virginie et surtout de madame Jacqueline, la femme du Délégué : madame Virginie venait de Paris, lui disait-il de temps en temps. Madame Jacqueline aussi. Ouh là là, Paris ! disait-il. Ouh là là, madame Jacqueline ! Il regardait Madeleine d'un air sceptique et satisfait, hochait la tête, balayait mollement la terrasse

(Je t'avais dit, disait Madeleine, de balayer à l'intérieur.)

Il avait conservé une photo abîmée des petits Neveu, les enfants, des blondinets d'aspect bourgeois et décoratif. Il la tirait de sa poche de pantalon et la mettait sous le nez de Madeleine en énumérant leurs prénoms : Jean-Louis, Pierre et Catherine. Du temps des Neveu, il allait les chercher à l'école. Il laissait entendre qu'ils n'avaient rien à voir avec l'enfant chétive et anxieuse dont Madeleine avait accouché.

Sophie est née en 57. La naissance a été difficile ; elle a eu lieu le soir, après une journée épuisante, au moment où la nuit tombait, où le vacarme des oiseaux commençait. Guy avait téléphoné en France ; il paraît qu'on entendait mal, comme si la voix passait par d'interminables câbles sous-marins ; il avait dit : « Madeleine est fatiguée. Tout va bien. C'est fini. Je suis encore à l'hôpital. Ici, il fait déjà nuit. »

À Nantes, il faisait grand jour. La communication avait été brève ; il avait du mal à parler depuis le poste téléphonique, à cause des oiseaux qui faisaient ce terrible raffut dans les arbres autour de l'hôpital.

« Il y a tant d'oiseaux que ça ? » s'étonnait grand-mère.

Après, sur la plupart des photos, Madeleine porte sa petite fille au cou ; il semble qu'elle ait eu vers cette époque une courte frange qui fait paraître son visage plus étroit. Il est possible aussi qu'elle ait maigri ; la chaleur la fatiguait, elle supportait mal le climat.

Beaucoup de photos avec l'enfant ont été prises quand Guy rentrait du travail, peu avant le bref et bruyant crépuscule. Il y avait l'électricité à Douala, mais dehors ils éclairaient les terrasses à la lampe à pression – ce qui faisait une lumière jaune, courte et mobile comme celle des flammes. De grosses pluies survenaient le soir, elles amenaient des nuées de moustiques, et, quand les pièces étaient éclairées, on voyait courir de travers sur les murs de petits lézards froids, furtifs et dodus, les « margouillats ».

Quelquefois, ils vous tombaient dans le cou.

Des roussettes, qui dormaient dans les manguiers sauvages, frôlaient le toit. La case laissait entrer les bruits de la nuit : des frôlements d'animaux, des glissements dans les feuilles, des coassements, des croassements, le bruit de la radio qui venait de la case la plus proche, celle de leurs voisins, les Prieur, Évelyne et Jacques. Ils avaient quatre enfants. Lui était militaire. Tous les soirs, après les nouvelles, les Prieur mettaient le programme musical.

Des hommes qui venaient voir Charlie restaient parler dans le jardin ou dans le petit office ; on entendait aussi, depuis la galerie, les conversations de ceux qui marchaient dans la rue, qui parfois s'asseyaient pour bavarder au pied d'un arbre ou d'un mur, dormaient là. Des rires brefs. Des disputes, peut-être des menaces, dans une langue qu'ils n'ont jamais comprise.

De gros papillons de nuit aux ailes épaisses qui faisaient le double des papillons d'Europe – peut-être des phryganes – entraient par la porte ; ils se posaient sur les murs et, la nuit, voletaient à travers la chambre, se prenaient dans le linge des moustiquaires. Ils réveillaient Madeleine en sursaut parce qu'ils faisaient exactement le bruit de quelqu'un qui se déplacerait en étouffant ses pas, qui essaierait (peut-être) d'ouvrir une armoire, de soulever la moustiquaire ou de tirer le rideau derrière lequel Guy avait posé un fusil comme le recommandaient les autorités militaires. L'indépendance, fixée au 1er janvier 60, se rapprochait, mais de moins en moins de

Camerounais voulaient du compromis. Ahidjo était contesté ; les hauts-commissaires successifs faisaient des erreurs. Depuis 55, on craignait « des actions isolées » contre les Blancs et contre tous ceux qui de près ou de loin représentaient le pouvoir colonial.

Un soir, après le départ de Charlie, Guy avait soulevé le rideau, sorti le fusil et expliqué son maniement à Madeleine (elle le raconte dans une lettre). Il pouvait arriver qu'elle se trouve seule. Certains jours, il se déplaçait en forêt pour surveiller des coupes de bois et vérifier les chargements.
Madeleine regarda le fusil. Elle dit posément :
— Je ne m'en servirai pas.
— Mais si je ne suis pas là, si quelqu'un vient.
— Qu'ils viennent, mais qu'ils fassent vite.

3

Des histoires couraient dans Douala ; elles prenaient un curieux relief la nuit : des réunions de l'UPC se tenaient dans les villages ; on disait que les syndicats étaient infiltrés par les communistes ; on parlait des morts. Les militaires en cachaient le nombre. Certains pensaient que c'était faux ; beaucoup préféraient ne pas savoir. Qu'est-ce qu'ils veulent, disaient-ils, *puisqu'ils vont avoir l'indépendance*? Qu'est-ce qu'ils veulent *de plus*? On parlait d'Um Nyobè, l'armée le cherchait ; il était rentré dans la lutte clandestine ; il avait une énorme influence ; on parlait de la mort du jeune inspecteur Caëlin.

J'en ai trouvé le récit sur une des coupures de journal conservées par Madeleine et liées par des élastiques. Ça s'était passé dans le Nord, à Kumba : en haut, une zone volcanique, montagneuse et, quand on descend vers la mer, paraît-il, un paysage interminable et monocorde de plantations à la file, des hectares de bananiers, de palmiers à huile. C'est dans une de ces plantations que plusieurs ouvriers – des leaders – s'en étaient pris au conducteur des travaux agricoles. Le récit du journal est confus. La conclusion tragique semble avoir donné lieu à des palabres sans fin et des arrestations injustes. D'autant que, par une sorte d'ironie, c'était un gendarme français, un Blanc, qui avait tiré. C'était le seul à s'être servi d'une arme.

Était-ce pour une question de salaire? Un refus de travailler? Des slogans indépendantistes? Les ouvriers s'étaient massés. Le ton montait. L'inspecteur dépêché sur place avec trois gendarmes avait voulu s'interposer. C'était un jeune, tout juste arrivé de métropole : Jean-François Caëlin. Un des meneurs a levé le bras; un gendarme a perdu ses nerfs; il a tiré. Caëlin a pris la balle dans le ventre.

Ce qui frappait les imaginations, surtout, c'était la suite. Elle frappa certainement ma tante qui en fit le récit à sa fille. Difficile de savoir ce qu'elle lui rappelle ou ce qu'elle anticipe. Sur place, ils s'étaient affolés; ils avaient donné de l'eau au blessé, alors qu'il ne faut pas donner à boire dans le cas d'une blessure au ventre; ils l'avaient mis dans une voiture dans l'idée de rallier Douala. Un planteur était monté à l'arrière, un autre s'était proposé comme chauffeur.

L'accident avait eu lieu au début de l'après-midi, vers trois heures, en pleine chaleur, l'heure la pire. Ils étaient à des kilomètres de Douala, la piste était mauvaise; elle avait dû être goudronnée autrefois, mais le goudron s'était fissuré. La voiture sautait par moments. Ils avaient couché le blessé à l'arrière ; un homme lui soutenait la tête et lui appuyait un tissu sur le ventre en essayant d'arrêter le sang, mais les cahots entretenaient l'hémorragie.

Il paraît qu'ils avaient croisé sur leur route un petit dispensaire : quatre murs, rien dedans, peut-être même pas de compresses. Un infirmier tout seul. Le planteur qui soutenait la tête du blessé avait dit : Pas la peine, continue ! Ils n'auront rien.

Le long de la piste, c'était comme d'habitude : des gens attendaient un car qu'on ne voyait jamais arriver, des femmes marchaient avec des paniers ou d'énormes régimes de bananes sur la tête ; elles se retournaient, elles suivaient la voiture des yeux jusqu'à ce qu'elle disparaisse dans la poussière. Des Blancs, pressés d'aller à leurs affaires de Blancs.

Ç'avait été l'heure de la sortie des écoles. Les enfants faisaient des signes joyeux à la voiture ; le chauffeur freinait à cause d'eux, à cause des chiens, des chèvres, des poules, il se tournait à moitié vers le siège arrière, disait : On n'est plus très loin.

L'autre répondait à voix basse : Ça saigne beaucoup. Et pour empêcher Caëlin de perdre conscience, il lui demandait : Vous êtes d'où, vous, en France ?

Il savait bien que ça ne servait plus à rien, que Caëlin allait mourir quelque part à la hauteur d'un de ces villages invisibles qu'ils traversaient en trombe en soulevant de la poussière rouge.

À un moment, le soir est tombé; les palmiers à huile sont devenus noirs sur les bords de la route, des feux ont commencé à s'allumer, des odeurs de cendre et de nourriture traversaient la piste; il y avait de plus en plus de gens et d'animaux, et les gens ne se retournaient plus sur la voiture. La densité des villages montrait qu'on se rapprochait de Douala. Le blessé avait ouvert les yeux, il était livide; il était mort quelques minutes plus tard, comme la jeep atteignait les faubourgs. Ils étaient arrivés trop tard à l'hôpital Laquintinie.

*

Sophie avait grandi. À dix-huit mois, elle avait une touffe de cheveux frisottés sur le crâne et – cadeau familial arrivé de Nantes par bateau – une barboteuse blanche au bavoir brodé de cerises.

Quand il rentrait, son père, qui l'adorait, jouait avec elle.

Il lui demandait : Où est ton nez?

Elle le montrait.

Puis : Où est ton nombril?

Elle le désignait en penchant la tête.

Ensuite, il fallait demander : Où sont les cerises? Alors, elle riait, la tête renversée, perdue dans une allégresse qui le faisait rire lui aussi; car c'était la question qu'elle attendait, celle qu'elle préférait. Elle y mettait sa main et tâtait la broderie en relief. C'était aussi le moment où il fallait dire : Quelles belles cerises rouges! Oh, j'ai faim, oh ! je crois que je vais manger ces cerises et peut-être que je vais manger cette petite fille – en faisant semblant de la dévorer. Elle riait encore plus fort, prise entre le ravissement et la peur – un rire en grelot, métallique, qui dérapait et sonnait bizarrement dans l'ombre. Ou elle hurlait.

— Tu l'énerves, disait Madeleine. Après, elle ne veut pas dormir.

La petite se réveillait la nuit ; elle pleurait souvent. Elle était sujette à des dysenteries.

Le soir, quand Guy rentrait du travail en voiture, la maison, faiblement et mystérieusement éclairée, à demi masquée par la végétation, avait l'air d'un campement. Des rais de lumière filtraient à travers les lamelles des claustras (preuve que Madeleine était à la cuisine). Ou il la voyait se déplacer sur la galerie le long du mur, une de ses jupes claires et froncées remuant autour d'elle. Elle avait la petite au cou ; Sophie pleurnichait à cause de ses sempiternels maux de ventre.

Elle marchait de long en large, en chantonnant à mi-voix :

> *Ma petite est comme l'eau*
> *Elle est comme l'eau vive*
> *Elle court comme un ruisseau*
> *Que les enfants poursuivent*

Il pouvait suivre son mouvement, et il entendait les cris des enfants qui venaient de la maison des Prieur. La lumière de leur lampe-tempête passait entre les arbres.

Il arrivait aussi que Madeleine l'attende simplement dehors. Il la devinait à la tache pâle de sa robe derrière la balustrade de bois. Elle avait écrasé une banane et nourrissait Sophie, ou elle lisait, le coude appuyé au bras d'un fauteuil ; elle plaçait le livre sous la lampe à pression ; son ombre penchée montait sur le mur derrière elle.

Je ne sais pas ce que lisait ma tante : Mauriac, son auteur favori, ou ces nouvelles de Somerset Maugham qui se passent aux Indes, dont l'atmosphère pouvait rappeler celle de Douala. Ou ce livre que j'ai repéré plus tard dans sa bibliothèque sans jamais me décider à l'emprunter ni à l'ouvrir : *Poussière*, de Rosamond Lehmann. Il est si intimement lié au souvenir que je garde d'elle que je me demande si je ne l'ai pas vu autrefois posé à l'envers sur la table de la véranda, si bien que je ne sais plus s'il m'évoque la poussière rouge de là-bas, ou celle qui montait dans les taches de soleil devant la porte du débarras, quand, l'été, ma tante s'y installait pour lire. L'auvent du toit projetait sur son visage un bandeau d'ombre : une femme mince et blonde, un peu sévère quand nous la dérangions dans sa lecture, proche encore dans ses robes légères de ce qu'elle avait été dans ces années-là.

Une buée tremblotait sur le mur au-dessus de l'ombre noire de la flamme. Sophie jouait avec ses pieds ou rampait à quatre pattes sur les lattes de bois; elle allait jusqu'au bout, se relevait en s'accrochant au pilier, essayait de descendre les marches. Charlie, commis à sa surveillance, la rattrapait. Il s'avançait lui aussi à quatre pattes; elle était assise à sucer son pouce sur son morceau de drap, ses jouets à côté d'elle, grognon parce qu'elle avait mal au ventre. Elle le regardait fixement s'avancer, ne bronchait pas, elle attendait et il disait :

— Ouh là là ! J'ai faim maintenant, je vais te manger. Je vais finir par te manger.

Elle riait et trépignait : toujours ce même rire ravi, tremblé, sonore.

— Je suis un lion, disait Charlie, en s'approchant dans l'ombre, et tu sais ce que je vais faire, maintenant qu'il fait noir ? je vais te manger.

De la poussière de latérite rentrait dans les canalisations; l'eau de l'évier coulait rouge comme du sang. Madeleine se demandait toujours si elle s'était écorchée. Dès qu'un bruit venait du dehors, elle sursautait. Guy demandait : Qu'est-ce qu'il y a ? et donnait patiemment l'explication : Un perroquet, il y en a dans les arbres. Ou une noix, tombée d'un cocotier. Ou quelqu'un qui passe dans la rue – Il vient de passer devant la maison : tu ne le vois pas ? Il montrait l'ombre qui s'éloignait. Quand le bruit d'une foule secouait soudain la rue, faisant comme des pierres jetées sur la tôle, il disait : C'est la pluie; il commence à pleuvoir.

C'est à peu près tout ce que je peux me

représenter, quand je pense aux soirs d'Afrique. L'inquiétude vague, dont ma tante parle dans ses lettres, devant ce grand pays hostile, si foncièrement étranger. Des ombres d'arbres projetées sur un mur blanc ; les flamboyants, les jacarandas ; la citronnelle plantée devant la maison, son odeur aigrelette, le ronron des moustiques autour des lampes-tempête, des oiseaux dont je ne connais pas les noms – certains faisaient un drôle de bruit en frottant leur bec. La viande crue couverte de mouches. Les bâtons de manioc fermenté, le rire en grelot d'une petite fille.

Tout ce qui me vient est le souvenir d'une lecture :

> Là, l'obscurité est totale, personne ne parle plus. Le bruit des criquets a cessé. On n'entend, çà et là, que le cri menu de quelque carnassier nocturne, le vrombissement subit d'un scarabée (...) le bois de la balustrade est lisse au toucher, lorsque les doigts suivent le sens des veines et des petites fentes longitudinales (...) l'œil qui s'accoutume au noir, distingue maintenant une forme plus claire se détachant contre le mur de la maison.

Mais moi, qu'est-ce que je peux distinguer ?

4

Le milieu européen de Douala gravitait autour du Délégué et de sa femme Jacqueline. L'administration du territoire en dépendait. Comme tous les milieux d'exilés où les gens vivent les uns sur les autres, c'était un lieu d'intrigues. Pour les querelles d'avancement, rien de pire que la colonie. Les « épouses » des fonctionnaires se démenaient beaucoup pour obtenir des avantages, des postes, et des invitations aux fêtes qui égayaient les longues soirées. On se fréquentait, on dînait les uns chez les autres, on s'épiait. Pour le reste, c'était comme partout : il y avait des types bien qui avaient fait leur vie dans ce pays, et des brutes qui traitaient mal les ouvriers noirs, qui ne leur parlaient pas correctement, qui se croyaient supérieurs ; il y avait des commerçants qui faisaient leurs affaires, des médecins qui travaillaient à l'hôpital ou en brousse, des militaires, et le personnel du port.

Dès leur arrivée, Guy avait donné à Madeleine des renseignements sur les histoires des uns et des autres. Par exemple, tout le monde savait à Douala que Jacqueline, la femme du Délégué, avait une liaison avec le docteur Ambrières (Maurice Ambrières), le médecin-chef de l'hôpital. Personne ne pouvait dire quand cette liaison avait commencé; elle semblait aussi installée, aussi consubstantielle à la vie locale que le vacarme des oiseaux au crépuscule, les pluies de saison et l'odeur des bâtons de manioc. Tout le monde était au courant. Les boys étaient au courant. Le gouvernement africain était au courant, les quartiers africains étaient au courant. Les boys de la Délégation accueillaient le docteur Ambrières avec une expression empressée, à la fois complice et narquoise. Derrière son dos, ils devaient lui donner un de ces noms dont ils avaient le secret.

C'était vrai en particulier de Bogart, qui assurait toute l'intendance de la Délégation. Naturellement, Bogart n'était pas son nom, mais tout le monde, dans le milieu blanc, lui donnait ce surnom parce qu'il ressemblait à l'acteur : il en était comme la version noire, avec un front haut et osseux, une tête tout en longueur et ce mélange si caractéristique et si curieusement attirant de morgue et de mélancolie.

Bogart était toujours plus ou moins de mauvaise humeur. Il se murmurait d'ailleurs qu'il avait pu basculer du côté des indépendantistes. Mais personne ne s'en souciait. La règle est partout la même. Plus il semblait mépriser les gens, plus ils lui couraient après. Il avait du succès dans les réceptions. Tout le monde voulait être dans ses petits papiers parce qu'il avait accès au Délégué et à Jacqueline. Il avait toutes sortes de dérogations et chassait avec le docteur Ambrières qui dînait à la Délégation pratiquement tous les soirs.

— Il faut que tu saches, avait dit Guy, pour Jacqueline et le docteur Ambrières. Il est possible que certains fassent des allusions devant toi. On m'a prévenu quand je suis arrivé ici. Même Charlie le sait bien. Il ne faut pas que tu sois la seule à tomber de la lune. Jacqueline est parfaite, d'ailleurs. Tout se passe très bien, entre gens très civilisés. Ambrières est à toutes les soirées. Il fait partie de leur cercle d'intimes. Le Délégué ne montre rien, mais c'est sûr qu'il est au courant. Tout le monde pense qu'il sait et qu'il fait semblant, lui aussi. Il est possible d'ailleurs qu'il s'en moque. Il est très attaché à sa femme ; elle fait beaucoup pour lui, elle est très sympathique, très active, mais elle n'est plus toute jeune et on lui prête, à lui, de son côté, une histoire avec sa secrétaire, Mme Thémines. Fais attention aussi à ce que tu dis sur Gisèle Thémines. Je ne sais pas si c'est vrai. En tout cas, en façade, Ambrières et le Délégué se voient régulièrement. Ils chassent et bridgent ensemble. Ils discutent politique. Je pense qu'ils se détestent, mais se ménagent. Ambrières est un excellent médecin, très réputé, qui connaît très bien le Cameroun. Il m'a soigné quand j'ai eu un problème à l'œil. Il ne faut pas le vexer. Et c'est mieux de l'avoir dans sa poche. Ici, c'est comme partout, mais (mon oncle Guy riait) *en pire*. Parce qu'on vit les uns sur les autres et peut-être aussi – il bourrait sa pipe – parce qu'on est en sursis, et que tout le monde en a conscience. Il ne faut pas se fier aux apparences. Méfie-toi. Beaucoup de gens se haïssent ou ont des liens que tu ignores. Il y a de grandes susceptibilités. Une réflexion mal placée, et tu te fais des ennemis. C'est bête et inutile.

Ma tante buvait une tasse de citronnelle. Il ne pouvait pas voir ce qu'elle pensait. Elle n'avait pas fait de commentaire. Au bout d'un long moment, elle avait simplement murmuré :

— À leur âge ? Et tout le monde le sait ?

— Bah, avait dit Guy, ils n'ont guère plus de la cinquantaine. Il n'y a pas d'âge pour ça. Comprends-moi bien, surtout ! je ne dis pas ça pour nuire à Jacqueline. Bien au contraire. Personne ne voudrait nuire à Jacqueline, tout le monde l'aime beaucoup. Elle est si chaleureuse quand elle reçoit ! Elle organise des fêtes dont tout le monde profite, mais il faut éviter de blesser les gens. Si je le dis, c'est pour toi. Une réflexion maladroite peut t'attirer des haines qui te gâcheraient la vie.

Pourtant, ceci changea quelque chose d'imperceptible dans le comportement de Madeleine. Chaque fois qu'elle croisait le docteur Ambrières ou qu'elle se rendait en consultation pour Sophie, elle se sentait embarrassée comme si elle partageait un secret avec lui. Il avait l'air respectable et mondain, grisonnant, très affable, la raie de côté. Il était très actif à Douala. Il accouchait les femmes à l'hôpital. Je crois même que c'est lui, en 57, qui l'avait accouchée. De son point de vue à elle, il est à peu près certain que cela mettait entre eux un embarras supplémentaire.

Quand il la croisait à la Délégation – elle était invitée certains après-midi pour rencontrer d'autres Françaises –, il lui demandait aimablement : Comment va votre petite fille ? puis l'abandonnait ; car en réalité, personne ne savait quoi dire à Madeleine ; elle se tenait droite avec sa beauté raide, un grand fond de timidité, et cet air provincial décourageant, à la fois sévère et désemparé, avec lequel elle cherchait à donner le change.

Cet air, c'était aussi celui de Joseph, son cousin. C'est manifeste sur la photo où on le voit sur le parvis de Saint-Louis de Carthage dans le groupe des séminaristes le jour de son ordination ; et d'ailleurs, cela m'a frappée : il est derrière les autres ; c'est le plus grand de tous ; il a l'air terriblement solitaire.

*

Je n'ai pas vu d'image de l'ancienne délégation de Douala (peut-être une portion du mur d'enceinte, et le trottoir planté de cocotiers, sur des vues montrant le quartier administratif). J'ignore si le bâtiment existe encore aujourd'hui.

Et si j'évoque cette Jacqueline que tout le monde appelait «la Déléguée», c'est parce que c'est elle qui a présenté Yves Prigent à ma tante. C'était en mai 58 ou au début du mois de juin, à une soirée à la Délégation, dans un contexte tendu, car il venait d'y avoir de nouvelles actions indépendantistes dans la région Nord. Je pense d'ailleurs que sa présence à lui, qui travaillait dans l'administration à Yaoundé, était liée à ce contexte.

Ça s'est passé de la manière la plus banale. On dansait; Jacqueline aimait danser. Les soirs de réception, la grille de la Délégation restait ouverte pour les voitures des membres du gouvernement et des invités officiels. C'était d'ailleurs une des rares occasions, pour ceux qui passaient dans la rue, d'entrevoir le bâtiment et son jardin de frangipaniers.

Prigent était arrivé tard. Il se tenait près de la grille ouverte, cherchant à allumer une cigarette.

— Yves, avait dit Jacqueline, venez ici! je vais vous présenter quelqu'un que vous ne connaissez pas; cela fait un moment qu'elle est arrivée à Douala mais je ne pense pas que vous l'ayez rencontrée. Madeleine est nantaise. Nous n'avions pas beaucoup de Nantaises jusqu'à présent. C'est une nouveauté. Vous connaissez peut-être son mari, Guy Morand, de la Société des bois du Cameroun.

«Yves, avait-elle dit en retour, est toujours le bienvenu quand il passe à Douala, même s'il n'y vient pas très souvent, en général pour des missions secrètes sur lesquelles il ne faut pas l'interroger. Il ne répondra pas. Il est là à cause des *événements* (elle avait utilisé le mot vague et prudent qu'ils employaient tous). Il est arrivé hier; il revient tout juste du Nord Cameroun. Une chance qu'il puisse être avec nous ce soir. C'est un homme important. Je vois de nouveaux arrivés; je vous laisse. »

Il n'était pas très grand; des cheveux bruns, peignés en arrière et crantés, le front haut, une chemisette avec des pattes sur l'épaule. Il sourit en fumant. Puis tendit la main à Madeleine : Vous dansez ?

Elle s'excusa : Non, je danse très peu, je ne danse pas bien.

Mais il insista et il la tira vers la piste.

La piste était en bas de la terrasse. Un orchestre jouait, celui qui se produisait le soir au bar de l'Akwa Palace. On avait accroché aux branches des guirlandes d'ampoules lumineuses, les boys y avaient passé l'après-midi. De l'intérieur du jardin éclairé, on apercevait en hauteur, comme des ombres en relief, les palmes des cocotiers qui bordaient le mur du côté du trottoir.

Prigent prit Madeleine par la taille. De l'autre bras, coude plié, lui serrant les doigts, se déhanchant au rythme du mambo, il essaya de la diriger entre les groupes. Il y avait beaucoup de monde. On évoluait par petits déplacements latéraux, en se cognant, presque sur place; elle répétait :

— Je m'excuse ; je ne danse pas bien. Je n'ai pas l'habitude.

Il dit : Mais non. Qu'est-ce que ça peut faire ? Il y a une telle cohue, de toute façon.

Il tourna plus doucement, la tenant de plus près, sans presque bouger, faisant du surplace. Il pouvait sans doute respirer les cheveux blonds de sa nuque. Elle avait le nez sur ses pattes d'épaule. En dansant, il fredonnait quelque chose en anglais :

> *On a day like today*
> *We passed the time away*

— C'est joli, dit-il au bout d'un moment, ces fleurs, sur le tissu de votre robe, qu'est-ce que c'est ?

Elle dit : Des violettes.

Il rit : Des violettes.

À une question qu'elle posa à son tour, qu'il n'entendit pas avec la musique – il dut se pencher pour la faire répéter –, il haussa les épaules :

— Aucun intérêt. Je viens pour des missions, comme vous l'a dit Jacqueline. Des histoires politiques. N'en parlons pas. Surtout ce soir. On est là pour s'amuser.

Ils firent encore quelques tours, et il dit, sans vraie nécessité :

— Je suis seul à Yaoundé. Ma femme reste en France.

Puis demanda du même air neutre et formel : Et votre mari ?

Guy discutait avec un gros importateur. Elle le voyait par-dessus son épaule, à lui. Elle le lui montra.

— Pas de chance, hein, dit-il en souriant. (Ou était-ce : J'aurais pu tenter ma chance ?)

Une plaisanterie.

Quand la musique s'arrêta, il la dévisagea brièvement. Il donnait l'impression de fixer les gens plus longtemps qu'il n'était nécessaire, comme s'il les évaluait.

— Je vais vous chercher un verre, dit-il.

Il disparut dans la foule autour du buffet, revint avec son verre plein, la chercha des yeux. L'orchestre jouait un nouveau morceau ; la danse avait repris, tout le monde chaloupait et tournait. Il resta là avec son verre, se ravisa, finit par le boire lui-même, croisa une amie de longue date qu'il invita et ne revit Madeleine qu'un quart d'heure plus tard ; elle était assise au bord de la piste, le dos très droit, avec l'air embarrassé des femmes qui font tapisserie.

(J'inviterais bien cette petite Madeleine à danser, disait quelquefois le docteur Ambrières à Jacqueline – et le mot, comme tous ceux qui couraient à Douala, avait été rapporté –, elle n'est pas désagréable à regarder, loin de là, mais elle est raide comme un bâton. On ne sait pas de quoi lui parler, mis à part de sa petite fille. Elle est déjà venue deux ou trois fois me consulter à son propos, mais qu'est-ce que vous voulez que je lui dise ? Remarquable d'ailleurs, entre parenthèses – ajoutait Ambrières, cette fois en spécialiste –, la vitesse avec laquelle, après la naissance, elle a retrouvé sa taille de jeune fille.)

Prigent aimait les femmes et ne s'en cachait pas. Sa partenaire, Elizabeth Shermann, une Américaine très en vue, tapageuse et trop parfumée, avait le front posé sur sa chemise, et il lui disait certainement ce qu'on dit aux femmes dans ce genre d'occasions, ce qui ne coûte pas cher et fait toujours plaisir : Babeth, vous êtes très en beauté ce soir.

Cette Babeth était une personnalité à Douala, une «divorcée» (on le disait à mi-voix). Son nom revient plusieurs fois, paraît-il, dans les lettres de ma tante – preuve qu'elle éveillait chez elle un peu plus que de la curiosité ou peut-être une ombre de jalousie. On disait que Prigent l'avait rencontrée à Saigon quand elle était mariée à un Anglais, un homme qui avait eu le bon goût de l'abandonner en lui laissant la voiture décapotable qu'elle conduisait en gants blancs et une pension confortable.

Prigent n'était pas du genre «mari fidèle»; personne n'avait jamais su jusqu'où allait son amitié avec Babeth Shermann. Il tournait, se déplaçait, la dirigeait en swinguant et en plaisantant. Dans mon esprit, c'était un homme parfaitement romanesque.

Il croisa plusieurs fois le regard de ma tante pendant le reste de la soirée et chaque fois il la dévisagea de cette manière qu'on trouvait insistante avant de s'apercevoir qu'il avait des yeux bleus, très sombres. Il ne la réinvita pas, pour des raisons que j'ignore, peut-être parce qu'il réfléchissait, parce qu'il avait certaines obligations quand il venait, ou parce que le centre de la piste était piétiné ; on s'enfonçait dans le sable ; ce n'était pas pratique et les plus expérimentés finissaient par s'en écarter.

Il devait très bien voir à qui il avait affaire : une femme timide, sans expérience. Il avait failli lui marcher sur les pieds ; elle trébuchait et ne suivait pas le rythme. Elle n'avait pas réagi à sa plaisanterie, n'avait pas eu le moindre sourire de connivence, grave et raide comme une poupée, touchante par l'effort qu'elle mettait à le suivre. L'avait-elle entendue ? Lui-même avait eu du mal à entendre ce qu'elle disait à cause de sa voix sourde et de la force de l'orchestre. Il ne lui donnait pas trente ans. Sous un certain profil, il lui trouvait quelque chose d'une actrice. Soudain il sut : Michèle Morgan. Il gardait sous ses doigts la sensation de ses omoplates saillantes et celle du rang de boutons ronds recouverts de tissu qui fermaient sa robe dans le dos.

Des violettes.

Elle s'était levée, s'était déplacée vers un groupe où était son mari, et restait près de lui, en retrait, écoutant la conversation.

Un peu maigre, pensa-t-il.

5

J'ai vu plusieurs photos de ces fêtes à la Délégation; il y en a dans l'enveloppe. Elles ressemblent (en noir et blanc) à celles que prennent aujourd'hui des photographes appointés, vendeurs de rêves dans des endroits vieillots : clubs de vacances pour retraités, paquebots de croisière sur la Baltique en route vers «les nuits blanches». Des couples de danseurs pris au flash. La lumière crue découpe les silhouettes; les dents et les yeux luisent. On dirait des fantômes.

Ou des groupes étagés sur les marches. Ils se tiennent comme sur les photos de classe, les hommes derrière, debout, en rang d'oignons, les femmes devant, assises sur les marches. Quelquefois, des noms sont inscrits au dos de la photo; naturellement, ils ne me disent rien : Pierre et Marie-France Content, le colonel Brossard, Geneviève Limet, André Legal, Janet et Lucian Burns, Henri et Lucienne Maillet, Elizabeth Shermann (je l'ai cherchée, j'étais curieuse de la voir). Il y a des militaires, et tout ce qui comptait à Douala : des membres du gouvernement africain avec leurs femmes, le président du tribunal, des administrateurs civils, le directeur des Établissements Suarès, le représentant de la Société financière des caoutchoucs, des magistrats, des commerçants, la direction du port, l'écrivain Ferdinand Oyono, la coqueluche du moment, qui venait de publier *Une vie de boy*. Même le prince Douala Bell, qui entretenait de bonnes relations avec « la tutelle », honorait ces fêtes de sa présence.

On sent qu'ils viennent de s'appeler avec bonne humeur : « Allez, venez pour la photo ! Si vous ne vous pressez pas, vous ne serez pas sur la photo-souvenir. »

Le Délégué est au centre des groupes, à côté d'une blonde bien en chair, assez chic, qui doit être « madame Jacqueline ». Il est possible que le docteur Ambrières – Maurice Ambrières – soit l'homme d'une cinquantaine d'années qui se tient à sa droite.

Les hommes, en blanc, ont l'air en uniforme, avec un côté militaire : pas de vestes, douchés de frais, pantalons à plis, la raie sur le côté. Les femmes ont les cheveux ondulés par des indéfrisables, des coiffures en coque, des lèvres rouges, très dessinées, des sourcils épilés, des robes gaies comme des rideaux, avec pinces de poitrine et serrées à la taille. Certaines, plus toutes jeunes, font matrones dans leurs robes de femmes fleur, d'autres ont des tailles plates d'Anglaises.

Elles ont un verre à la main. Viennent-elles de porter un toast ?

(*Serrez-vous un peu plus, sinon, on ne verra pas tout le monde.*)

Mon oncle Guy sourit en levant une coupe de champagne, ma tante est à sa droite, dans une robe sombre, marine ou noire, un rang de perles au cou, les yeux fermés à cause du flash. Derrière eux, des gens sont tournés, dont je ne verrai jamais le visage. On devine une colonne de la large terrasse et plus bas, éclairée par des taches lumineuses, la piste sur laquelle les couples tournaient dans la chaleur moite de la nuit – les hommes avec une certaine raideur, la main plaquée au dos de leur cavalière, et les femmes, avec cet air heureux de femmes qu'on a choisies, qui en profitent, à qui on dit : « vous êtes très en beauté ce soir ».

Les boys en blanc, sous la surveillance de Bogart qui affichait toujours la même lassitude, le même léger mépris, circulaient entre les convives avec des plateaux et des verres. On buvait sec aux frais de la République, les plats se dégarnissaient comme si les gens n'avaient pas mangé depuis quinze jours. Des types groupés parlaient entre eux de leur carrière, des planteurs de passage donnaient la « température du pays » ; on disait en hochant la tête : C'est inquiétant, très inquiétant ; on déplorait les progrès des « upécistes », on critiquait l'armée, le gouvernement, les décisions de la métropole (*Ils ne comprennent rien à Paris*), on disait du mal du haut-commissaire. Des Pères blancs incongrus et buveurs de whisky parlaient de la vie de leur mission, du catéchisme, des cérémonies de baptême. Et finalement, à ces détails près, quand les couples tournaient sur « La java bleue » ou improvisaient à petits pas pressés, à petits déplacements d'avant en arrière, à gauche et à droite, les évolutions syncopées d'une rumba ou d'un tango très décent et très ralenti, je crois qu'à la délégation de Douala, on aurait pu se croire en France par un été chaud, à n'importe quel bal de village. On y jouait les succès qui passaient à la radio :

« Bambino » de Dalida,

Mouloudji : « *Un jour tu verras / On se rencontrera* »,

Guy Béart : « *Si tu reviens jamais danser chez Temporel / Un jour ou l'autre...* »

On me dira qu'en 58, les succès de la France d'après-guerre étaient concurrencés par ceux qui venaient d'Amérique. Mais on était « aux colonies », et il me semble qu'il y avait un décalage, qu'ils auraient pu danser le menuet, le quadrille des lanciers ou la valse viennoise dans ces fêtes, ce bal perdu dont je cherche à retrouver la trace – et c'est un peu comme si je passais en imagination le long du mur de l'ancienne délégation de Douala en essayant d'en surprendre les bruits, moi, vivante, du bon côté du temps et de l'Histoire, et eux, tous ces danseurs, passés de l'autre côté du temps.

Ma tante Madeleine passée de l'autre côté du temps.

Quand tout le monde avait trop bu, vers deux ou trois heures du matin, un groupe de fêtards faisait la chaîne; ils se tenaient par les épaules, riaient, marchaient en procession à travers le jardin, appelaient les femmes qui, assises, s'éventaient à cause de la chaleur ou se plaignaient de chaussures trop étroites. Ils les prenaient par le poignet : Lâcheuses ! Allez, venez ! Ce n'est pas fini !

Les habitués ne se décidaient pas à partir. Personne n'avait envie de rentrer. Ils s'asseyaient par petits groupes dans le jardin, sur la terrasse. On servait du whisky et des verres d'eau gazeuse.

Prigent n'était jamais pressé. Il avait des informations à glaner. Il écoutait ce qui se disait. Et ce soir-là, il resta tard. Il bavarda longtemps, paraît-il, avec Elizabeth Shermann. Elle était en blanc, elle s'habillait toujours en blanc. Elle n'était plus si jeune, les hommes le voyaient bien, mais la nuit, elle faisait penser à une fleur de frangipanier dans l'ombre. Quand ils se souviendraient d'elle, ils se rappelleraient une fleur de frangipanier dans l'ombre. Prigent, coudes sur les genoux, le menton dans une main, la faisait rire. On entendait ce rire aigu depuis le coin où ils s'étaient assis. La tension baissait par degrés. L'orchestre était parti, mais de temps en temps, dans un coin du jardin, une voix d'homme recommençait à chanter :

Je sais bien que tu l'adores
Bambino, Bambino

Il y avait des applaudissements et des rires.

Quand il quitta la fête, les lumières s'éteignaient. Les boys commençaient déjà à décrocher les guirlandes. Madeleine était partie depuis longtemps ; elle occupait peut-être le fond de son esprit ; il espérait peut-être l'apercevoir sur l'avenue qui longeait la Délégation. Il avait beaucoup parlé ce soir-là, et pas mal bu ; marcher remettait les idées en ordre. Les conversations qu'il avait eues confirmaient ce qu'on savait en France. Après la très dure « pacification » confiée au colonel Lamberton, on s'attendait à de nouvelles actions. Les upécistes avaient pris le maquis. Ils avaient désormais l'imparable rhétorique de la Résistance. Leurs partisans visaient des objectifs un peu partout dans le pays, dans les grandes villes et surtout dans les plantations. Ils attaquaient leurs cibles par surprise, à la machette ou au pistolet-mitrailleur.

Il rentra à pied à l'Akwa Palace, où il logeait quand il descendait à Douala. Le veilleur de nuit lui donna ses clefs. Le hall était vide et il monta par l'escalier central jusqu'à l'une de ces grandes chambres nues, blanches et carrelées de « la partie ancienne » dont parle mon guide. Elles ouvraient sur l'avenue Poincaré par un balcon.

Il est possible qu'il n'y ait rien eu d'autre, que ç'ait été aussi simple que cela. C'était peut-être lié à sa timidité à elle, à ce qu'elle avait de raide et d'un peu triste qui l'avait ému. Ou au rang de boutons recouverts de tissu, ronds comme des perles, qui fermaient sa robe dans le dos, qu'il avait sentis en dansant contre la pulpe de ses doigts. Et, du côté de Madeleine, à la manière dont il lui avait dit « Qu'est-ce que ça peut faire ? », à la douceur amusée avec laquelle il avait répété « Des violettes », à la façon, railleuse, dont il avait murmuré dans son cou : « Pas de chance ! » pour la faire rire. Ou peut-être parce qu'il était mince et nerveux avec une mèche brune qui lui retombait sur le front, une forme d'autorité et de brusquerie, un regard bleu sombre – comme Peter Finch dans *Au risque de se perdre*.

Le film se passe au Congo, juste avant la Seconde Guerre mondiale. Audrey Hepburn y joue le rôle de sœur Luc, une religieuse envoyée dans un dispensaire. Elle travaille sous les ordres du docteur Fortunati. J'ai oublié les trois quarts de l'intrigue, mais pas la scène où Fortunati examine sœur Luc, atteinte de tuberculose, et ils sont tous deux – elle, de dos, penchée, dégageant à peine son épaule, lui, l'auscultant – terriblement concentrés, silencieux, attentifs, aux aguets, à l'écoute des manifestations invisibles d'un sentiment auquel ils renonceront, qui ne sera jamais dit. Partisans du silence.

Je n'ai pas oublié non plus les mises en garde de la mère supérieure : « *Méfiez-vous, sœur Luc, c'est un génie, c'est le diable ; c'est un homme, c'est un célibataire.* »

Il était quatre heures du matin. Il n'y avait pas de bruit du côté des entrepôts du port. L'air sentait la mer et la nuit. L'aube viendrait dès cinq heures. Curieusement – un phénomène qu'on observait après toutes ces soirées –, les oiseaux, chassés par des tirs ou par le boucan de l'orchestre, continuèrent à se taire autour de la Délégation jusqu'au matin. Ça ne valait plus la peine de dormir.

Prigent sortit sur le balcon, et il fuma, en regardant le ciel et la rue.

6

C'était un ami de Raymond et Jacqueline. Un familier de la Délégation en raison d'une ancienne relation nouée en Indochine. On peut donc supposer que, dès le lendemain, il se trouvait sur la terrasse. Il y dînait « en petit comité ».

Tout avait été nettoyé, les arbres débarrassés de leurs guirlandes, le centre du jardin, où se trouvait, la veille, la piste de danse, partiellement ratissé. Il y restait encore quelques traces du piétinement des danseurs. Bogart, sombre et de mauvaise humeur comme d'habitude, apporta un plateau et des verres de whisky.

Jacqueline répondit à ses questions sans réticence :

— Ils habitent à proximité de New Bell, pas très loin du quartier africain, près de chez les Prieur. Son mari a une belle situation à Douala, c'est un type très sérieux. Des Nantais. Petit milieu à l'origine. Lui travaille à la Société des bois du Cameroun. Ils sont très méritants. Quand il l'a ramenée ici, ils étaient tout juste mariés. Je les invite quelquefois. Elle vous a plu ? dit-elle, songeuse.

— Non, dit-il. Pourquoi ? Je suis curieux. C'est tout.

Coudes sur les genoux, le menton dans une main, dans la même position que la veille, il fixait le point qui correspondait à l'endroit où Madeleine était restée assise, à proximité de la grille d'entrée. C'était une partie du jardin où des lianes et des végétaux résistaient à tous les efforts.

Jacqueline avait changé de sujet :
— Les lendemains de fête, déjà, ne sont pas gais ; mais maintenant, je ne sais pas, je trouve ça pire. Je n'ai presque pas dormi. Soit j'ai vieilli (elle rit un peu), soit j'ai bu trop de champagne. C'est curieux, je supporte de moins en moins le champagne, moi qui ai toujours aimé ça.

Elle venait du Midi, quelque part dans la région de Nîmes, ou de Nice. Elle disait que les nuits à Douala lui rappelaient le bruit des cigales.

Elle demanda : Et vous, Yves, vous avez bien dormi ?

— Non, dit-il. Pas du tout. Je dors de moins en moins. C'est une perte de temps. Je suis resté sur le balcon de ma chambre. J'ai attendu que le jour se lève. Il s'est levé au bout d'une heure et demie. Il y a eu du bruit en bas. Adamou est arrivé à six heures. Quand je vivais à Sangmélima, j'étais toujours debout bien avant l'aube. (Il ne la regardait pas, mais elle sut qu'il souriait.) C'est notre privilège ici. Voir le début du jour.

Elle dit : Quand l'orchestre s'est arrêté hier soir, il y a eu ce silence, vous avez remarqué ? C'est que les oiseaux se sont tus ; ils ne peuvent pas lutter avec l'orchestre. Ils se taisent toujours. À moins qu'ils en aient tué hier après-midi. Ils disent qu'ils tirent en l'air, mais il y a tellement d'oiseaux dans les arbres ; je soupçonne d'ailleurs Bogart de ne pas vouloir faire la différence entre chasser et tirer en l'air. C'est un chasseur dans l'âme. Je me suis expliquée avec lui plusieurs fois, mais il est si têtu. Je m'en vais toujours quand ils tirent. Je ne veux pas voir ça. Mais on est obligés, que voulez-vous ? Comment faites-vous à Yaoundé ? Voulez-vous davantage de glace ?

Elle rit : Ainsi, vous avez fait danser Madeleine Morand ! Vous savez que vous m'avez rendu service. Elle danse si rarement. J'ai souvent l'impression qu'elle s'ennuie ou qu'elle n'est pas à l'aise. Sa petite fille doit avoir plus de dix-huit mois, je ne sais pas trop ; je crois qu'elle marche maintenant ; il faudrait demander à Maurice. Il la voit en consultation. Il nous rejoint pour le dîner.

— C'est toujours un plaisir, dit Prigent. Il sait tellement de choses.

Prigent s'était levé ; il avait fait quelques pas sur la galerie. Il demanda machinalement : Ça ne vous dérange pas, Jacqueline, si je fume ?

— Non, dit-elle. Et votre femme, Yves, comment va-t-elle ? Je ne vous ai pas demandé.

— Bien, dit-il. Très bien. Les enfants aussi. J'ai peu de nouvelles.

— Elle ne regrette pas Yaoundé ?

Il sourit : Oh, pour ça ! Maguy n'aime pas l'Afrique.

Il termina son whisky et elle demanda :

— Vous avez su pour Caëlin ? Vous le connaissiez ? C'est terrible, ce qui est arrivé.

— Je le connaissais. Pour être honnête, Jacqueline, je le connaissais même très bien ; c'était un ami personnel, un homme d'une grande qualité. C'est une des causes de ma visite. Les morts s'accumulent. Il y en a cent fois plus de l'autre côté, vous devez le savoir. C'est intenable. C'est illusoire de les forcer. Maintenant que c'est parti, ils n'arrêteront pas. Le haut-commissaire a fait des erreurs. Raymond le sait et il est d'accord avec moi : ils ont l'obsession d'Um Nyobè. Ils finiront par en faire un martyr. Nous n'avons pas besoin de martyrs.

*

J'ai rassemblé ce que je pouvais sur Yves Prigent. Ma tante ne le mentionne nulle part dans ses lettres. D'après ce qu'elle a confié à ma mère, c'était un fonctionnaire de l'administration. Il avait commencé sa carrière à Saigon avant d'être nommé en Afrique ; il avait lui-même demandé à partir comme volontaire dans un endroit très isolé, un premier poste difficile dont il avait la responsabilité : le seul Blanc à des kilomètres du premier village ; il avait pris ensuite la direction de la subdivision de Sangmélima.

J'ai cherché Sangmélima sur une carte, comme

si cela pouvait m'en apprendre davantage. C'est une petite ville calme et provinciale qui se trouve sur le plateau sud camerounais à 711 mètres d'altitude, sur la rivière Lobo. La subdivision a été établie en 1925 par l'administration française.

En 58, il travaillait à Yaoundé, mais continuait à faire beaucoup de voyages à Dakar et dans les villes de la côte ouest.

C'était peut-être un de ces hommes qui travaillent dans le renseignement derrière le paravent d'un poste. On disait qu'il avait des contacts avec les milieux indépendantistes, qu'il pouvait être un négociateur efficace, qu'il en imposait par une relative modération et qu'il savait jouer habilement de sa «séduction personnelle». Il parlait le bamiléké assez bien, ce qui était rare à l'époque. Il était introduit dans certaines chefferies importantes.

Quand il venait à Douala pour ses affaires, on le voyait au marché, chez les commerçants, qui le connaissaient tous. Il était invité partout. Il avait des relations dans le milieu des colons, qu'il avait beaucoup fréquentés dans son premier poste, dans les villages. Le soir, il traînait au bar de l'Akwa Palace, écoutait les conversations et buvait. C'était un amateur de chasses. Lui aussi montait, paraît-il, des expéditions avec Bogart.

Je me demande si ce n'est pas lui qu'on voit à l'arrière-plan d'une des photographies de l'enveloppe. Difficile de savoir où et quand elle a été prise : au dos, il n'y a pas d'indication. Sur la galerie d'une case dont on ne voit qu'une faible partie? À gauche, il y a un arbre dense et noir comme un caoutchouc. S'agit-il de la maison des Prieur, qui recevaient souvent? ou d'une autre case? Elles se ressemblent toutes. S'agit-il (j'y ai pensé) du petit bâtiment circulaire du dancing du Parallèle 4 qui donnait directement sur la plage? On n'en voit pas assez. S'agit-il de cette même année 58? Rien ne marque sur ces photos le passage du temps, ni celui des saisons; il semble que ce soit la même : cet été étouffant au ciel gris.

C'est certainement une soirée entre amis. Guy et Madeleine ont amené leur fille. On voit Sophie, au premier plan, accroupie au bas des marches en bois. Elle a encore le buste étroit et la tête disproportionnée des très jeunes enfants; elle est pieds nus, la tête penchée vers le sol (elle a dû y repérer quelque chose), elle serre contre son corps des coudes pointus comme les pattes d'un poulet. Il semble aussi qu'elle porte la même robe en plumetis, attachée par deux nœuds sur les épaules, que sur la photographie de l'allée des Cocotiers – ce qui m'incline à dater la photographie de 58, peut-être septembre. Um Nyobè, le fondateur de l'UPC, a été tué le 13 septembre 58 par une patrouille. C'était un tournant important. Des émissaires sont arrivés de France à Douala par bateau. Il paraît vraisemblable que Prigent soit venu les accueillir. C'était une raison suffisante.

L'homme que j'ai remarqué est en retrait, près de la porte. Il vient de l'intérieur de la maison : chemisette blanche, comme les autres, pantalon à ceinture haute. Mince – ou plutôt osseux –, on voit que le pantalon flotte sur lui. Cheveux bruns. Une mèche lui tombe sur le front. Malheureusement, le visage ne ressort pas sur le fond noir de la pièce. Tout juste si on distingue, dans le cadre de la porte ouverte, au-dessus de sa tête, les pales d'un ventilateur et, en bas, les pieds d'une table d'un bois clair. Je ne sais pas pourquoi je pense que c'est Prigent. C'est peut-être à cause de la mèche, ou parce que je n'arrive pas à comprendre pourquoi Madeleine a conservé cette photo, dont l'arrière-plan est flou. On dirait que le point n'a pas été fait.

Il fait sombre, ce qui ne veut rien dire. Il fait toujours sombre dans les maisons de Douala, les claustras retiennent la lumière. Mais il est possible aussi qu'il soit tard, on peut penser que la nuit ne va pas tarder ; c'est l'heure où ils allument les feux de brousse, il doit y avoir dans l'air cette odeur âcre des brûlis. La tombée de la nuit empêche, malheureusement, de voir le visage de celui qui se tient dans l'encadrement de la porte, derrière les autres, avec une grande décontraction – c'est ce qui me frappe, cette flexion décontractée du genou –, la main enfoncée dans une poche, et je me dis : un chasseur. Dans l'autre main, il tient une cigarette, une Craven A probablement. Il a dû rentrer chercher le paquet posé sur la table qu'on aperçoit à l'intérieur. Je me rappelle le paquet rouge avec la tête d'un chat noir, la doublure de papier d'argent, l'odeur délicieuse.

A-t-il parlé à Madeleine ce soir-là, ou s'est-il contenté de la saluer, l'étudiant toujours à distance, la dévisageant sans détourner le regard? Elle se trouve plus bas, dans un plan intermédiaire, assise sur une marche avec deux ou trois femmes; de l'une d'elles, on ne voit qu'un bout de jupe. Quand la lampe sera allumée, son ombre à elle, plus faible, moins dessinée, sera plus courte sur le mur (si elle s'est installée au bas des marches, prête à intervenir, c'est pour surveiller Sophie qui est encore à l'âge où on met n'importe quoi dans sa bouche). Est-il venu s'asseoir avec une plaisanterie et sa décontraction de «séducteur» à côté du groupe des femmes? *On vous abandonne, mesdames.*

Bien sûr, la photo est en noir et blanc, elle a jauni comme les autres mais, en la regardant, on devine la chaleur, la moiteur, on devine presque l'odeur de cendre et de bois mouillé qu'avait l'ombre. Le sol vers lequel est tournée l'enfant accroupie au pied de l'avocatier (ou du caoutchouc) paraît sableux, à moitié couvert d'une végétation que j'identifie mal. C'est le visage de ma tante qui est le plus net; ses cheveux blonds et souples, séparés par une raie au milieu; ses yeux clairs, légèrement étirés vers les tempes, son visage triangulaire aux pommettes hautes; elle regarde fixement l'objectif avec une sorte de sourire (si rare chez elle). Est-ce parce qu'il est là?

La conversation a porté sur les événements, comme d'habitude, surtout la mort de Caëlin.

C'est Ambrières qui a visé le certificat de décès et tout le monde connaît sa version de la scène ; ils la commentent à longueur de repas, elle est tragique et en même temps familière ; ils la récitent comme un poème macabre : la tombée de la nuit, la rumeur des oiseaux qu'Ambrières entendait de son bureau comme tous les soirs, qui toujours à cette heure remplissait les chambres de l'hôpital ; les malades appelaient ; ceux qui ne quittaient plus leur lit savaient qu'il ne restait que quelques minutes avant qu'il fasse noir, certains faisaient des poussées de fièvre. Puis, la sœur infirmière qui entre : « Docteur, venez tout de suite ! » Il l'avait sorti de la voiture avec l'aide des deux types fourbus et couverts de poussière qui avaient fait le voyage depuis Kumba. Il était mort depuis un quart d'heure.

Ils protestaient autour de la table, réécrivaient sans fin l'histoire : Ils n'auraient *jamais* dû lui donner à boire ; on ne donne pas à boire à un blessé ; ils n'auraient *jamais* dû prendre cette piste ; elle est mauvaise, pleine de nids de poule ; c'était de la folie ! ils n'auraient *jamais* dû appeler les gendarmes. Il faut essayer de parlementer.

À moins qu'il ne s'agisse de cette soirée chez les Villers, en 59, un an plus tard. Elle précédait de quelques jours l'instauration du couvre-feu. Après, il avait été impossible de sortir. La soirée s'était terminée par une des pluies énormes de la saison chaude.

Ce serait alors au tout début de la soirée, avant

la pluie. Prigent n'avait fait qu'un passage, il était parti tôt ; et c'est, je crois, une des dernières images qu'on ait de lui, penché sur l'élégante galerie à colonnettes à côté de Madeleine, des éclaboussures d'eau au visage ; ils n'étaient restés ensemble que quelques minutes, guère plus. On ne sait pas s'il lui parlait, il essayait peut-être de la convaincre ; elle regardait dehors ; tout le monde était en train de se replier à l'intérieur, si bien que quelqu'un était allé les chercher : Vous ne voyez pas ce qui tombe ? vous allez vous faire tremper ; ça s'était remarqué.

Guy a fait une scène à Madeleine ce soir-là.

Mais j'anticipe.

7

Quelques jours après la fête à la Délégation, Madeleine croisa Jacqueline à Printania :

— On ne vous voit pas beaucoup, Madeleine, lui dit Jacqueline. On ne vous voit jamais le soir à l'Akwa Palace. Yves me l'a fait remarquer. Il est encore là pour quelques jours. Vous devriez venir, il serait content.

Elle ajouta avec un sourire : C'est un vieil ami ; il a beaucoup de pouvoir sans jamais en abuser ; vous lui avez fait une grosse impression, vous savez. Il m'a demandé si vous y passiez quelquefois.

Et comme Madeleine s'était enquise de sa situation, elle avait souri : Yves ? Il est marié. Sa femme vit en France, mais il ne la voit pas beaucoup. En tout cas, il paraît qu'il a une femme quelque part. Et deux enfants. Deux grands garçons.

J'incline à croire comme ma mère que, sans le vouloir, ou par ce goût de l'intrigue, du rapprochement des uns et des autres qui la rendait si populaire, Jacqueline, la femme du Délégué, a joué un rôle dans cette histoire. Mais je ne pense pas que ma tante soit jamais allée seule à l'Akwa Palace : ça ne lui ressemblait pas. Le plus probable, c'est qu'elle ait croisé Prigent en ville, par hasard. Le centre avec ses places et son marché, ses rues menant au port, n'était pas très étendu. Une Française qui promenait toujours à la même heure sa petite fille allée des Cocotiers ou sur le boulevard Maritime ne passait pas inaperçue.

Toujours est-il qu'ils se sont trouvés face à face. Lui sortait de la poste centrale. C'était l'heure où Douala s'animait; des commerçants ouvraient. Au marché, des femmes étaient assises derrière des piles de tissu, des bâtons de manioc, des régimes de bananes. Il faisait lourd, le temps épuisant de Douala; une averse avait mis des flaques.

Il l'a vue s'avancer : silhouette fine, avec ses épaules minces, dans une de ses robes à pois ou à « rayures tennis »; il a reconnu l'enfant à son chapeau pointu (Tiens, voilà la petite Chinoise). Madeleine Morand !

Elle aussi l'a reconnu. Il descendait les marches.

Vers cette époque – le printemps 58 ou le tout début de l'été –, Sophie trimballait partout cette fameuse girafe en caoutchouc qu'elle jetait par terre.

Il s'est arrêté, a ramassé le jouet jeté devant lui, l'a tendu à la petite. Elle l'a rejeté immédiatement. Madeleine a dit : Je m'excuse, inutile de ramasser; elle est si capricieuse.

Il a dit en se relevant : Ne vous excusez pas

toujours; les miens faisaient pareil et je crois qu'ils ont eu la même. Elle couine, n'est-ce pas?

Il a appuyé sur le petit animal en caoutchouc :
— Tu ne l'aimes plus? Tu as vu des girafes, au moins? Tu sais que j'en ai vu beaucoup. Elles ont des yeux magnifiques, de longs cils, de jolies oreilles rondes, comme la tienne. Je crois bien que la girafe est l'animal qui a les plus beaux yeux du monde.

Ils ont échangé quelques mots sur l'âge : Dix-huit mois? vingt mois? Ils sont petits mais ils savent déjà bien ce qu'ils veulent. Ils disent non à tout.

La place était bruyante. C'était l'heure des oiseaux et des embouteillages. Il souriait et restait en face d'elle sans faire mine de s'en aller. Il a dit : On ne s'entend plus. À Douala, maintenant, c'est de pire en pire. Pire qu'à Paris. Essayons de trouver un endroit tranquille : voulez-vous prendre un verre à l'Akwa Palace? Tout le monde y passe, je crois, sauf vous. J'en ai même parlé à Jacqueline. Elle vous l'a dit? Jacqueline voit trop de monde. On ne peut pas lui faire confiance. Elle a mangé la commission. Ne protestez pas. Je vous invite. À moins que vous ne préfériez le Parallèle 4, au bar? Il y a de l'ambiance au dancing.

Elle a refusé. Elle a dit que l'enfant ne tenait pas en place, qu'il fallait qu'elle rentre, qu'elle était en retard.

Il s'est contenté de sourire : Une autre fois, plus tard, et l'a regardée s'éloigner, tenant l'enfant, la relevant quand elle tombait, lui répétant probablement : Fais attention. Tu es insupportable.

Une jeune mère, un peu absente. Ne cherchant pas à se faire remarquer, à l'opposé de tant de femmes. Mais élégante. Elle a des yeux très clairs, la petite a les yeux noirs. Il s'est souvenu : elle travaille dans un dispensaire. Nantaise. Il s'est dit : C'est curieux, elle transporte ça jusqu'ici. L'atmosphère de province. Il a souri en pensant au dancing. Elle est complètement inadaptée à ce pays. La messe tous les dimanches. On doit la voir le dimanche à la cathédrale avec le mari et l'enfant.

Dans les quelques mots qu'ils avaient échangés en dansant, elle avait dit qu'elle s'inquiétait de la situation et pour la petite ; elle avait souvent mal au ventre, était grognon ; elle avalait n'importe quoi, tout ce qu'elle trouvait par terre. Elle avait dit : Je suis toujours inquiète.

— Oh, avait-il protesté, si vous saviez ce que j'ai avalé, moi. J'ai bu de l'eau des marigots. J'ai certainement des amibes.

Le soir, Madeleine n'a pas mentionné la rencontre. Il est probable qu'elle y a repensé mais que la phrase n'a pas franchi ses lèvres ; une phrase aussi simple que « J'ai rencontré Yves Prigent tout à l'heure, à la poste centrale », ou « Tiens, tout à l'heure, en ville, j'ai rencontré Yves Prigent. On a échangé quelques mots ; il sortait de la poste ; il avait dû mettre des lettres. »

« Ou téléphoner à sa femme, aurait dit Guy.

C'est plus facile depuis la poste. C'est le seul endroit où le téléphone marche à peu près bien. Surtout pour un appel en France. Il n'est pas encore reparti ? On dit qu'il est très pris à Yaoundé. »

Elle aurait dit : « Il m'a proposé de prendre un verre. »

Guy aurait demandé distraitement : « Où ça ? À l'Akwa Palace ? Il y est tous les soirs. Tu aurais dû y aller. La terrasse est très agréable. On devrait y passer nous aussi. »

Il y avait quand même eu cette allusion un peu gênante. *Si vous préférez le Parallèle 4... il y a de l'ambiance au dancing.*

Elle s'est dit : C'est idiot. Et ça n'a aucune espèce d'importance.

Elle aborderait le sujet plus tard, après le départ de Charlie, quand ils seraient vraiment tranquilles. Elle dirait : « Tout à l'heure, à propos, j'ai croisé Yves Prigent à la poste centrale. »

Ça n'irait pas plus loin. Une remarque.

De l'ambiance au dancing.

Mais Charlie a traversé le jardin, tourné à gauche. Quand il partait, le soir, ils le voyaient tourner à gauche, puis disparaître dans l'obscurité. Ils ne savaient ni où ni comment il vivait ; une famille de pêcheurs sur la côte, dans la mangrove. Charlie lui-même, à qui elle avait posé la question, s'était montré vague : Beaucoup de frères et sœurs. Une petite comme ça. Toute petite – il avait désigné Sophie. Il faisait partie de ces hommes qui marchaient tard le soir, des kilomètres au bord des pistes pour rentrer au village; les ombres du bord des pistes, ceux qui vivaient dans «la brousse», «la forêt».

Elle a pensé : J'interrogerai Charlie. Il y a des choses qu'il doit savoir.

Elle a soupiré :

— Charlie ne fait rien de ce que je lui demande. Il m'énerve avec les Neveu. Toujours les Neveu! "Madame Virginie"!

Guy haussait les épaules : Il les regrette probablement. Il a été trois ans chez eux quand leurs enfants étaient petits. C'est humain. Charlie adore les enfants. Il m'a rendu beaucoup de services. Simplement, il a sa vision de la vie. Tu es maniaque, il a du mal à te comprendre. Il s'occupe très bien de Sophie.

Charlie était parti depuis quelques minutes; elle n'avait toujours pas parlé, et maintenant, elle se sentait nerveuse.

Sophie était couchée. Elle était allée plusieurs fois vérifier dans la chambre, l'enfant dormait, en sueur, les bras en croix sur l'oreiller, la girafe sale posée contre sa joue.

Elle avait soulevé la moustiquaire, essuyé un peu de sueur sur le front brûlant; elle s'était dit : Demain, je lave cette girafe. Elle est dégoûtante.

Elle était revenue s'asseoir avec Guy, elle avait dit :

— Elle dort, elle a très chaud; j'ai mis le ventilateur en route.

Et ils étaient restés comme tous les soirs sur

leur terrasse, dans l'ombre épaisse qu'ils fixaient sans parler beaucoup. De la case des Prieur sortaient des voix d'enfants et le grésillement de la radio. C'était l'heure du programme musical.

— Tu as vu Évelyne ? demanda mon oncle. Quand est-ce qu'elle accouche ?

Il semblait préoccupé lui aussi ; les conditions de ses déplacements et les négociations avec les ouvriers devenaient plus difficiles. « Je fais ce que je peux, lui disait-il. J'essaie d'être correct avec eux. » Elle savait qu'il pensait souvent à Caëlin et au fusil ; c'était devenu une obsession ; sans cesse, il revenait à la charge : « Il faut que tu apprennes à tirer. Qu'est-ce que tu feras si tu es seule ? »

Elle s'était répété : Qu'est-ce que ça peut avoir comme importance ? La rue est à tout le monde. Elle s'était demandé si Jacqueline, la femme du Délégué, avait parlé du docteur Ambrières à son mari. Elle avait la réponse : ce n'était pas possible ; elle était sûre que Jacqueline n'avait rien dit, que ce jour-là avait commencé le système des mensonges. *Tu ne passeras pas entre les mailles du filet. Tu ne seras pas la première, tu ne seras pas la dernière non plus.*

Elle avait pensé à Elizabeth Shermann, avec ses mollets ronds, son rire, ses yeux soulignés de noir, ses robes toujours blanches (combien en avait-elle, de ces robes blanches, dans sa penderie ?), ses décolletés qui faisaient dire en riant aux hommes : « Babeth a de la conversation. »

Elle avait interrogé Charlie sur Prigent dès le lendemain :

— Est-ce que tu le connais ? Tu l'as vu quelquefois ? Est-ce qu'il venait chez madame Virginie ?

Il passait, sans chiffon, ses longues mains de pianiste sur le buffet ; il s'était exclamé : Ouh là là ! monsieur Prigent ! Et avait ri, à sa manière. Intérieure. Silencieuse. Ironique. Elle avait pensé : Il se moque de moi.

Elle avait dit : Tu devrais prendre un chiffon, Charlie ; c'est comme ça qu'on essuie les meubles.

*

Depuis, surtout quand la nuit tombait, Madeleine, qui s'affairait dans sa cuisine, pensait à la remarque de Jacqueline : « On ne vous voit jamais le soir à l'Akwa Palace, Yves m'a posé la question. »

Elle préparait une volaille ou un plat de « capitaine ». Charlie, près de l'évier, l'observait ; il demandait poliment :

— Qu'est-ce que tu fais, après, du tête de poisson ?

Elle corrigeait : On ne dit pas *le* tête, Charlie, on dit *la* tête.

Elle lui montrait, mais ça ne servait à rien. Elle n'arrivait pas non plus à lui faire entrer dans la tête cette histoire de bactéries. Il faisait le sourd. Elle avait remarqué depuis quelque temps qu'il y mettait de la mauvaise volonté. Il nettoyait dans la maison, mais elle lui avait interdit de rentrer dans la chambre, à cause du fusil. Il l'embarrassait. Il faisait très peu de bruit. Souvent, elle l'appelait pour savoir dans quelle pièce il était. À son appel, il surgissait, docile et neutre. Elle avait l'impression qu'il était resté juste derrière la porte. Qu'est-ce qu'il faisait ?

Elle finissait par dire : Pourrais-tu surveiller Sophie, s'il te plaît ? ça me serait plus utile.

Quelquefois, le ciel était dégagé. La pleine lune montait au-dessus de l'estuaire, elle éclairait Douala comme elle éclaire tous les pays du monde ; on la voyait, large et ronde, dilatée, aplatie au-dessus des cocotiers, un peu étrange. Les feuilles vernies des arbres réfléchissaient sa lumière blanche. Elle éclairait aussi Yaoundé où Prigent était retourné. On ne le voyait plus en ville. Ma tante se souvenait qu'à Nantes il faisait jour ; c'était même l'époque où les jours rallongent ; elle pensait à cette expression, « les jours rallongent » ; elle la trouvait pleine de douceur. On ne la comprend, se disait-elle, que quand on est loin. En mai, l'après-midi, à l'entrée du bois de la Châtaigneraie, on entendait les appels d'un coucou.

Des braseros pour la cuisine s'allumaient dans les cours de New Bell et au bord des rues. Des bruits venaient de partout entre les arbres : les voix des enfants de la maison Prieur, le braillement du tout-petit. Le bébé, leur cinquième, était né. La rengaine des chansons du poste radio qui grésillait à cause des parasites :

Domino, Domino
Le printemps chante en moi, Dominique
Le soleil s'est fait beau
J'ai le cœur comme une boîte à musique

ou

Fou de vous
Je suis fou de vous
De vos yeux si doux

Des gens parlaient tout près dans la rue, dans leur langue incompréhensible ; les voix portaient.

Sophie était assise sur une couverture au milieu de ses jouets. Elle suçait son pouce avec la morosité des enfants, le soir, avant d'aller au lit, les yeux fixés sur les petits margouillats qui descendaient en diagonale sur le mur à toute allure, avant de passer derrière les meubles. L'électricité mettait à l'intérieur une lumière gazeuse et trop blanche. Charlie se cachait derrière une des colonnes en bois de la galerie. Sophie lâchait son pouce et le regardait s'avancer ; quelquefois, il le faisait avec mauvaise humeur, sans mettre vraiment le ton ; elle y croyait quand même toujours ; il disait :

— Ouh là là, j'ai faim. Je vois une petite fille et je crois que j'ai si faim que je vais la manger ! Je suis un lion, je vais manger cette petite fille.

Elle riait et trépignait avec ce rire ravi, tremblé, sonore comme un grelot.

Charlie riait lui aussi : il se lançait dans de grandes explications, très volubile tout à coup, à moitié en français, à moitié dans sa langue, puis disait :

— Je vais couper le petit tête de cette petite fille.

« Quelquefois, écrivait Madeleine, quand j'entends la manière dont il s'amuse avec Sophie, ça me fait peur. »

Le soir aussi depuis quelque temps – ça avait commencé un beau jour au milieu de l'année 58, de manière insensible –, le même homme venait discuter avec Charlie ; l'homme faisait toutes les maisons de la rue. Il sortait de chez les Prieur. Il ne rentrait jamais dans la maison, il la contournait, passait entre les arbres, et se postait dans un angle, près de la porte de l'office. Il faisait un signe à Charlie depuis l'extérieur ; Charlie le rejoignait, mais – semble-t-il – avec mauvaise volonté. Après, c'était surtout l'homme qui parlait ; sa voix montait ; elle devenait stridente, puis baissait soudain. On croyait la conversation finie, mais elle continuait sur une ligne unie, véhémente, beaucoup plus basse.

— Qu'est-ce que tu fais à travailler pour les Blancs ? disait l'homme. Qu'est-ce qu'ils te donnent comme salaire ? Ils nous exploitent. Nous sommes chez nous.

Il se lançait dans des discours furieux qui parlaient de travailleurs, de syndicats, de liberté. Charlie haussait les épaules.

Ils entendaient la voiture de Guy ; elle tanguait sur l'allée sableuse ; les deux phares jaunes projetaient des ombres d'arbres qui faisaient la roue sur le mur.

Sophie hurlait : Papa !

L'homme se glissait derrière la voiture et s'évanouissait dans le noir.

Guy montait les marches :

— Il y avait un type avec Charlie, tout à l'heure derrière la maison. Je viens de le croiser. Je l'ai déjà vu plusieurs fois. Il vient presque tous les soirs. Toujours le même. Il fait de la propagande pour les indépendantistes. Pourquoi ne le mets-tu pas dehors ?

Guy était énervé ; il parlait peu, s'intéressait davantage aux nouvelles du journal. Et le soir, elle avait remarqué, il allait vérifier si le fusil était bien à sa place derrière le rideau. Il disait : Je me demande si je ne vais pas le mettre au pied du lit ; ce serait plus sûr.

Les lettres de Madeleine à cette époque évoquent surtout ce climat de peur diffuse qui s'est étendu sur la deuxième moitié de l'année 58.

Le 26 août, de Gaulle est en visite officielle au Sénégal : les images passent aux actualités : le cortège, le défilé militaire, le général, très raide, saluant depuis sa voiture. Ils écoutent le discours de Dakar à la radio :

« *S'ils veulent l'indépendance à leur façon qu'ils la prennent, mais s'ils ne la prennent pas, alors qu'ils fassent ce que la France leur propose... Nous demandons qu'on nous dise oui ou qu'on nous dise non.* »

Madeleine a l'intuition que Prigent se trouve dans l'assistance.

Elle a peut-être continué à penser à lui quand elle passait devant la poste ou devant l'entrée de l'Akwa Palace. L'orchestre jouait le soir et, à l'intérieur, on dansait avant le dîner comme si rien ne se passait à l'extérieur, comme si, en dansant, on était à l'abri de tout, des événements, de la chaleur. On ne pouvait pas voir les danseurs et il n'y en avait d'ailleurs jamais beaucoup – des habitués ou des gens de passage. Il paraît qu'Elizabeth Shermann y allait. Souvent, sa décapotable était garée contre le trottoir. La terrasse était protégée par des stores mais la musique sortait du bar, toujours le même répertoire à la même heure, cette chanson lancinante, sur un rythme ternaire, de valse :

> *Domino, Domino*
> *Le printemps chante en moi, Dominique*
> *Le soleil s'est fait beau...*

*

Je ne peux rien dater avec précision. Mais je suis sûre par exemple que Prigent est revenu en septembre 58, trois mois après le bal, juste après l'assassinat d'Um Nyobè.

Il a pu s'arranger pour passer à nouveau par

les endroits où il savait trouver Madeleine. La rencontre s'est produite au moment où elle ne s'y attendait plus, rue du Vingt-Sept-Août, près des Portiques.

Il a dit en souriant : Cette fois, je ne vous propose pas de prendre un verre. Vous allez refuser. Et à Sophie : Comment va mademoiselle la girafe, tu me la prêtes ?

Il leur a emboîté le pas : Vous permettez ?

Au début, elle a essayé de protester :

— Ce n'est pas la peine ; je vais vous retarder. Avec Sophie, nous avançons lentement ; elle n'en finit pas.

Elle a montré la petite fille dont les jambes arquées et encore molles sortaient comiquement de ses couches mais lui, marchant à sa hauteur, lui répondait :

— J'ai tout mon temps. Ne vous occupez pas de moi, je vais dans la même direction. Je n'ai rien de spécial à faire, vous savez, les soirées sont longues. J'en profite quand je suis ici. La vie n'est pas marrante à Yaoundé. Ici, je retrouve mes habitudes de célibataire ; je traîne sur le port ; ça fait du bien ; je suis libre comme l'air. Le soir on m'invite à droite et à gauche. Vous connaissez les Delambre ? Ève et Henri ? Lui travaille à la Délégation. Votre mari le connaît certainement. Il s'occupe des affaires du port. C'est chez eux que je vais ce soir ; vous n'y allez pas, par hasard ? Ce serait amusant de s'y retrouver. Il y aura du monde.

Il sortait son paquet de Craven A : Ça ne vous dérange pas si je fume ?

Il la regardait : Vous avez changé quelque chose. Vos cheveux ? Vous les avez laissés pousser. Ça vous va bien.

Il disait gentiment : Madeleine ? C'est bien ça ? Je peux vous appeler Madeleine ? Vous permettez ? Pas de cérémonie entre nous maintenant que nous nous connaissons ; nous sommes de vieux amis. Je m'autorise de ce privilège. Comment va votre mari ? Il n'a pas trop de soucis ? Je crois que les conditions dans les coupes de bois deviennent difficiles. Il y a beaucoup de tensions et ça ne va pas s'arranger.

Il fumait à côté d'elle en marchant :

— En mai dernier, ma mission n'a duré que quinze jours ; j'ai dû rentrer à Yaoundé. J'ai beaucoup regretté de ne pas vous revoir.

Et quand elle essayait de relever l'enfant qui venait de tomber :

— Laissez. Je vais le faire. Avec la poussière, vous allez salir votre robe. (Il regardait ses bras minces.) Laissez ; elle est trop lourde pour vous. Elle va devenir trop lourde pour vous. Vous allez vous faire mal.

Il s'accroupissait, relevait Sophie, la posait toute droite aux pieds de sa mère. Un paquet. Allez debout !

— Vous avez maigri ; le climat vous fatigue, peut-être. Le climat de Douala n'est pas bon.

Il étudiait Madeleine, les yeux à demi fermés, en tirant sur sa cigarette, puis s'arrêtait :

— Il faut que j'y aille maintenant ; je vais être en retard. Je vous laisse. J'ai rendez-vous. À bientôt ?

Elle lui tendait la main très vite; il la serrait avec un léger sourire, puis les regardait s'éloigner, elle et Sophie.

L'enfant trottinait, se plaignait : C'est loin ? Je suis fatiguée.

Sa jupe à elle remuait autour de sa taille. Le temps qu'elles atteignent le bout de la rue, le crépuscule et la poussière brouillaient tout. On voyait encore les palmes des cocotiers parce que le haut du ciel conservait un reste de lumière métallique ou à cause du lever de la lune mais il fallait écarquiller les yeux pour distinguer les promeneurs ou les animaux des bords de la route. Des voitures passaient, phares allumés.

Lui retournait vers le port. Le travail continuait. Des lumières s'allumaient dans les entrepôts autour des bassins de mouillage. On en voyait aussi de toutes petites, de l'autre côté de l'estuaire; ç'avaient beau être des lumières électriques, elles étaient dispersées, faibles comme des veilleuses; elles laissaient subsister de larges poches de nuit entre les grues, dans les avenues, dans les cours obscures où les enfants jouaient, où les femmes commençaient à faire la cuisine sur des braseros posés à même le sol, au fond des commerces, où d'autres, venues faire des courses, palabraient, traînaient et riaient, leur bébé sur le dos. On vendait des bananes, des ignames, du pain, du concentré Gloria, du sucre, des avocats que les marchands enveloppaient dans du papier journal. La saison des pluies avait commencé. De grosses averses rinçaient les rues.

Avec Sophie, Madeleine courait s'abriter sous un manguier ou sous l'auvent d'une paillote, elles restaient toutes les deux serrées contre des gens qui cherchaient le même abri. Quand une Blanche était là, souvent, personne ne parlait.

— Il pleut, disait Sophie.

— Le soir, toujours. Ça va passer.

— Je suis fatiguée, disait Sophie. Où est Charlie ? C'est loin ?

— On va rentrer, tu vas le voir tout de suite.

Prigent entrait dans une échoppe, écoutait les conversations. Des gens y étaient entassés le soir et tout le monde parlait de De Gaulle. Dans ces petites échoppes toutes noires – à peine une ampoule faible et poussiéreuse –, les vendeurs cherchaient une radio perchée dans le fatras, sur une étagère, ils l'allumaient, ils mettaient les informations, mais la radio ne marchait pas très bien ; c'était souvent brouillé. Il y avait des problèmes de transmission, des parasites, comme si les nouvelles venaient de très loin, comme si elles étaient dépassées. Et par-dessus, le bruit régulier, martelant, de la pluie. Ils disaient : « Ça ne marche jamais », mais ils laissaient la radio en bruit de fond, pour la musique. Ils continuaient à discuter avec passion « du général ».

*

Le séjour de Prigent s'est prolongé jusqu'à la fin septembre, entrecoupé sans doute de déplacements dont elle ne savait rien. Ma tante s'accoutuma à le croiser de temps en temps, il s'arrêtait, s'attardait pour parler, et souvent l'accompagnait pour de brèves promenades en ville (ma sortie, disait-il).

Un jour, il lui a dit : Madeleine, vous savez, c'est le prénom de ma mère.

Il a hésité, à peine : On vous a dit que vous ressemblez à Michèle Morgan ? On a dû vous le dire mille fois. J'hésitais à le faire. Vous allez me prendre pour un de ces flatteurs minables. Je cherche à faire un peu mieux que les autres, quand même.

Il a proposé : Si vous reveniez demain ici à la même heure ; c'est facile pour moi de m'y trouver. Demain ? Près des Portiques, un peu avant six heures ?

Elle n'a rien répondu mais elle y était.

— Ah ! dit-il, vous revenez.

Ils n'en parlaient pas ; c'était un accord tacite : elle arrivait ; il la hélait de loin, prenait le temps d'allumer son éternelle cigarette. Quand il tardait, elle prenait la décision de rentrer tout de suite puis faisait semblant de jouer avec Sophie.

Ils prenaient la rue du Vingt-Sept-Août qui descendait au port, ou suivaient le boulevard du Général-Leclerc jusqu'à la gare routière de Deïdo, ou plus souvent, parce que c'était moins fréquenté, marchaient en direction de l'hôpital, vers la falaise ; il fallait traverser le square Nachtigal : c'était plein d'arbres, bruissant d'oiseaux au crépuscule ; d'en haut, ils dominaient la plage du Parallèle 4 et ils entendaient la musique du dancing. À cette heure-là, des roussettes sortaient de leur cache et traversaient l'air. Il riait parce qu'elle en avait peur ; il lui disait : Elles sont inoffensives, sauf qu'elles voient tout, elles voient très bien dans le noir, elles vous voient.

Il lui parlait de Saigon, des soupes qu'on achetait à des femmes accroupies au bord de la route, de Raymond et Jacqueline, à l'époque ; il lui parlait de sa femme, Marguerite. Maguy, lui disait-il, c'est comme ça que je l'appelle (il souriait) ; il parlait de Maguy parce qu'il sentait que cela la tranquillisait ; il restait cette barrière entre eux. Il ne l'évitait pas :

— Je l'ai rencontrée quand je suis rentré d'Indochine et nous nous sommes mariés très vite, vous savez, j'avais trente ans ; elle a passé plusieurs années avec moi, à Sangmélima. Elle n'aimait pas Sangmélima.

Il parlait de ses deux fils, Pierre et Jérôme. Il disait : Maguy ne veut plus vivre ici ; elle s'occupe des garçons. Elle refuse de les mettre en pension. Ça s'est tendu entre nous. Disons qu'elle me fait des reproches.

Il riait : Elle n'a pas toujours tort.

Il parlait de son enfance, en banlieue, au bord de la Marne : Une grande maison au bord de la Marne, je ne sais pas si vous voyez, ces maisons si typiquement françaises, une enfance typiquement française finalement : parquet, cheminée, grands couloirs. On avait même un petit ponton avec une barque. Je crois que j'étais heureux. Ma chambre était à l'étage. Elle donnait sur la Marne. Je la partageais avec mon frère aîné. Dans ma famille, on est notaires de père en fils. Je n'ai jamais voulu de cette vie-là. J'ai commencé mon droit ; c'était la tradition ; on ne peut pas dire que ça me plaisait. Mais j'en ai fait assez pour passer le concours d'administrateur ; la guerre est arrivée et je suis parti en Indochine. C'est un de mes frères qui a repris l'étude. J'en ai trois. Ou plutôt, j'en avais trois. Je suis le plus jeune ; l'aîné est mort à la guerre. Jean, disait-il. Mon frère Jean.

— Et vous ? demandait-il.

— Une sœur.

— Elle vous ressemble ? (Il riait.) Elle est libre ?

Elle ne répondait pas. Il attendait qu'elle parle mais elle ne disait rien et souriait avec embarras.

Il avait, pour extraire une cigarette de sa poche de chemisette et la coincer entre ses lèvres, une précision, une élégance décontractée dont elle se souviendrait toujours. Il lui disait, d'un air léger, tout en coinçant sa cigarette :

— Quelquefois, dans la vie, à un certain moment de la vie, on a envie de recommencer, qu'en pensez-vous ? Ça arrive. De tout laisser tomber et de recommencer à zéro.

Il disait : Par exemple, j'aurais pu vous rencontrer plus tôt ; mais je ne vois pas comment. Je n'ai jamais mis les pieds à Nantes. Jamais eu l'idée d'y mettre les pieds.

Il riait : Je raconte des idioties.

Quand des gens qui remontaient de la plage à pied traversaient le square, leur jetant un coup d'œil, elle protestait :

— Il va falloir que j'y aille, il est tard.

— Qu'est-ce qui vous presse ? Ne faites pas attention. Enfin, Madeleine, vous me faites rire ; tout le monde s'en moque. Vous pouvez quand même faire quelques pas avec moi. Il n'est même pas six heures.

Ils s'arrêtaient parce que le soleil avait glissé sous la surface du Wouri, qu'il avait laissé sur la baie de gros nuages spectaculaires, pleins d'excroissances grises et fumeuses en forme de cocotiers, ou de chaînes montagneuses – des montagnes entourant des lacs. On ne voyait presque jamais le mont Cameroun, pourtant juste en face. La baie était tiède et paisible. Tout ce qu'on voyait, c'étaient ces montagnes chimériques qui retombaient peu à peu comme des fumerolles, le ciel paraissait se calmer pendant que montait dans les arbres le tapage furieux des oiseaux. Quelquefois, il y avait au loin, en provenance de la ville, des coups de feu secs comme des pétards.

— On dirait que Bogart s'amuse, disait Prigent.

La plage s'était vidée ; quelques lumières éclairaient le bar en bas. Ils entendaient les voix des hommes qui rentraient des chaises. La ligne de la côte s'assombrissait, la végétation devenait touffue comme la forêt vierge. Des enfants se jetaient à l'eau, nageaient, s'accrochaient aux pirogues ou aux barques. On voyait à peine leurs corps maigres et sombres en contrejour, leurs têtes comme des bouées et au loin, trempant dans l'eau, comme des corps qui voudraient eux aussi se rafraîchir, immobiles dans la moiteur du crépuscule, les petits arbres trapus de la mangrove. Et cela faisait penser aux descriptions du paradis. À l'heure exacte, les cloches de la cathédrale sonnaient. Le son crevait l'épais cocon de chaleur. Des nuées d'oiseaux traversaient l'air sombre, dans un sifflement.

— J'aime l'odeur de la mer, disait-il. Pas vous ?

Il disait : Je n'avais pas beaucoup d'administrés dans mon premier poste en Afrique : j'aurais pu avoir beaucoup mieux, mais c'est moi qui l'avais demandé ; c'était un territoire énorme par la superficie, mais il n'y avait que des villages de brousse et des colons très isolés. Je passais mes soirées chez eux. Ils aimaient m'inviter parce que je représentais l'administration. Ça compte, ici, l'administration. Le pouvoir ! Les colons en attendent toujours quelque chose. Je fréquentais aussi des Africains. C'est comme ça que j'ai appris leur langue. Le reste du temps, la nuit, j'étais seul, avec mes deux boys, l'un me servait de chauffeur et l'autre gardait la maison. Dès que le soleil tombait, il n'y avait pas une minute de silence. La nuit criait de partout. Mon gardien dormait sur la terrasse. Je sortais, je l'enjambais sans le réveiller – il avait un sommeil de plomb –, je m'asseyais près de lui pour écouter ; je restais là jusqu'à ce que mes yeux arrivent à percer l'ombre ; c'est bizarre comme les yeux s'habituent. Ça se fait au bout d'un certain temps. On voit comme en plein jour.

Il parlait de Ngaoundéré où il était allé pour une chasse. Ils avaient croisé un troupeau d'éléphants ; ils avaient observé les bêtes à la jumelle.

Il disait : Pas moins de trente bêtes. On les a vus traverser devant nous à peu près au coucher du soleil ; il y avait des mâles énormes, et des petits. C'est l'époque où ils migrent à travers la brousse. C'était royal. Vous voyez, rien que pour ça, je serais incapable de vivre ailleurs.

Il se tenait à côté d'elle, dans l'ombre, à quelques centimètres ; elle voyait le bout rouge de sa cigarette, le mouvement de ses doigts quand il la tapotait pour faire tomber la cendre, et lui, probablement, devinait son profil, ses bras pâles et passifs qu'elle serrait maladroitement contre son corps. La petite était accroupie à leurs pieds et comme toujours elle essayait de taper avec ses mains dans une flaque.

Madeleine bougeait un peu :

— Reste ici, Sophie, disait-elle. Il y a une pente forte. Donne-moi la main. C'est dangereux.

Il insistait en rallumant une cigarette :

— Vous aviez quel âge, vous, à la fin de la guerre ? Vous étiez toute jeune... Pas plus de vingt ans... Vous n'avez pas trop souffert ? À Nantes, il y a eu ces terribles bombardements des alliés. Ils ont lâché leurs bombes par erreur. Je crois qu'ils visaient Saint-Nazaire.

Elle disait : Seize ans.

Ils entendaient en dessous le bruit léger, lointain, des enfants qui nageaient, si rafraîchissant, et leurs voix, isolées, joyeuses, curieusement nettes. Certains allaient très loin dans l'estuaire.

Elle se rappelait 43 ; elles étaient réfugiées à la campagne, mais on avait entendu les avions à près de trente kilomètres du centre parce qu'ils allaient tourner sur la côte. Elle revoyait les après-midi où sa mère passait les commandes – les chemises de nuit, les combinaisons – ou faisait ses comptes, assise à la table de la salle à manger, en disant : «Je ne vais pas y arriver», en fredonnant une chanson d'André Claveau :

Deux petits chaussons de satin blanc
Sur le cœur d'un clown dansaient gaiement
Ils tournaient, tournaient, tournaient, tournaient
Tournaient toujours

la lampe en cuivre, son rond de lumière pâle et triste au milieu du plafond. Elle revoyait la pension chez les sœurs : *Ma chère sœur, je voudrais du beurre, / Jeanne était au pain sec dans le cabinet noir, / Pour un crime quelconque, et, manquant au devoir,*

Elle pensait : nous n'avons jamais habité le même monde. Et il lui revenait dans l'ombre les mots d'un autre poème :

(…) – Vois, la nuit est venue.
Une planète d'or là-bas perce la nue ;
(…)
Tout rentre et se repose ; et l'arbre de la route
Secoue au vent du soir la poussière du jour !

C'était Hugo, encore, mais si différent! Il la troublait sans qu'elle sache bien pourquoi, comme s'il ouvrait en elle depuis toujours une poche insoupçonnée de rêverie.

En pension, elle se le récitait avant de s'endormir. Elle avait eu froid; pendant la guerre, les dortoirs n'étaient pas chauffés; l'eau gelait dans les lavabos, le matin; elle avait porté des chaussures en carton qui lui blessaient les pieds.

— Vous voulez qu'on retourne vers le centre? disait-il. Vous avez l'air toute chose. C'est moi qui vous rends triste?

— Non, disait-elle. Mais je veux bien rentrer. J'aimerais autant. Viens, Sophie.

En retournant, elle disait : Pendant la guerre, je n'ai pas été trop malheureuse. J'étais pensionnaire. Un jour, comme je me trouvais en ville avec des amies, vers le château, des soldats allemands qui passaient nous ont appelées, ils nous ont jeté des tablettes de chocolat depuis l'autre côté de la rue en faisant des signes. C'était du chocolat volé. Ils réquisitionnaient dans les magasins. On le savait, mais on l'a quand même ramassé. On l'a mangé. Des mois qu'on n'avait pas mangé de chocolat. Je m'en veux toujours.

Dans l'ombre, elle voyait qu'il souriait : Vous avez eu raison.

Et naturellement, il a dit : Ils avaient dû vous voir. Vous savez, si j'avais été à leur place, je vous aurais donné du chocolat moi aussi. Madeleine, cette robe bleue que vous portez aujourd'hui, ce bleu, qu'est-ce que c'est comme bleu ? Il fait noir ; on ne voit plus. En matière de mode, vous savez, je suis complètement ignare comme la plupart des hommes ; mais je m'aperçois que le bleu vous va bien, ce bleu sombre, ça va très bien aux blondes, c'est un peu la couleur des hortensias, on dirait qu'il fonce avec la nuit.

Il disait : Vous êtes plus souvent en clair. À la Délégation, quand je vous ai vue la première fois, vous aviez cette robe crème avec de tout petits bouquets, des violettes. Vous êtes belle, Madeleine, mais je ne sais pas si vous savez ce que ça veut dire. Je vous emmènerais bien à Kribi ; vous ne voulez pas venir passer une journée à Kribi avec moi ? J'ai une petite cahute, là-bas.

Il jetait sa cigarette, chantait : « ma cabane à Kribi », sur l'air de « Ma cabane au Canada ». Mais, devinant la tête qu'elle faisait, il disait :

— Je plaisante, on ne peut pas plaisanter avec vous. Rien ne vous fait rire. Qu'est-ce que vous êtes sérieuse ! Vous devriez être un peu plus détendue. Vous savez que je vous attends toujours à l'Akwa Palace, je suis assis là, le soir, au bar, je regarde la porte d'entrée, je me dis : elle va venir ; je bois, vous voyez, vous me faites boire, c'est vous qui en êtes responsable ; je bois tout seul et vous ne venez pas. Vous ne viendrez jamais, Madeleine, n'est-ce pas ? Vous êtes une femme à principes ? (Il riait.) Une femme à principes, il ne me manquait plus que ça ! Regardez ce ciel. Il va pleuvoir dans trois minutes. Dépêchez-vous, vous allez prendre une de ces douches.

Une pluie féroce s'abattait; elle se mettait à courir.

*

Je ne peux pas m'empêcher de rêver à ces rencontres fugitives, dans une ville que je n'ai pas connue, dans ce monde du mauvais côté de l'Histoire, des noms pour moi : « la falaise », le square Nachtigal avec ses roses de porcelaine et sa statue, le blockhaus allemand où les enfants allaient jouer en rentrant de la plage – il y en avait toujours de cachés à l'intérieur. Le Parallèle 4 en bas, sa paillote, sa petite plage à cocotiers si tropicale, son bar décontracté, où *il y avait de l'ambiance,* où on servait des brochettes au « pili-pili ». Il disait quelquefois : On y va ? On descend ?

Combien y en eut-il, de ces rencontres ? Yaoundé était la capitale administrative, mais tout se passait à Douala, à cause du port. Il est probable qu'il faisait souvent le voyage.

Quand ils retournaient vers le port, les lumières s'étaient allumées, la ville semblait plus familière. Toutes les villes se ressemblent sous les lumières de la nuit. Ils suivaient les quais. La foule était dense. Il lui prenait le coude pour la faire passer devant lui, l'écarter d'un homme chargé de caisses, il s'arrêtait pour saluer quelqu'un. Elle restait en retrait, gênée, se mordillant les lèvres.

L'homme lui jetait un coup d'œil, essayait de l'identifier, faisait un signe de tête perplexe que Prigent ne remarquait pas.

Il disait : Je m'en vais dans deux jours, Madeleine, ma mission est finie ; je rentre à Yaoundé.

Il la regardait : Je vais regretter de partir ; je regretterai d'autant plus... (Il ne finissait pas sa phrase.) Mais allez-y, vous serez en retard, je commence à voir dans votre regard que vous avez peur d'être en retard, que vous vous dites : Comment me débarrasser de lui ? Et c'est une chose que je n'aime pas voir dans votre regard. Après tout, je fais beaucoup d'efforts. C'est fou comme la nuit arrive vite, ça surprend toujours. Allez-y ; je m'arrangerai pour avoir une nouvelle mission ; j'espère être là en décembre pour les fêtes de l'indépendance ; je trouverai des arguments pour venir à Douala. Ce sera tendu mais il y aura du beau linge ; j'arriverai quelques jours avant, bien sûr, j'aurai pas mal de travail ; des discussions ; les pays envoient des représentants. Il y aura de la surveillance. Ils ont prévu des manifestations partout : des estrades, des discours, des fêtes nautiques.

Sur un journal, quelques mois après, elle le vit en photographie au milieu d'un groupe d'officiels : l'inauguration d'une centrale électrique. Elle ferma la page.

Il revint en octobre 59 sous la pression des événements, plus tôt que prévu. Probablement dès le début du mois. Elle ne le sut pas tout de suite. Elle entendit dire qu'on l'avait croisé en ville. Il semblait avoir moins de temps et la première fois où elle le revit, ils n'avaient fait que quelques pas, s'éloignant peu du centre, sans but, descendant et remontant la rue du Vingt-Sept-Août. Dès qu'ils arrivaient en vue du port, elle avait un mouvement de recul et ils faisaient demi-tour. Il regardait sa montre et elle s'était sentie blessée.

Pourtant il lui donna rendez-vous le lendemain, prévenant :

— Je serai peut-être en retard. Attendez-moi.

Il arriva en retard, l'air soucieux et pressé ; la nuit venait de tomber, et ils allèrent vers la falaise comme à la fin de l'année précédente ; ce n'était qu'à deux cents mètres du centre. Les lumières que frangeaient les palmes des cocotiers aveuglaient un peu ; elles empêchaient de voir en dessous l'immense baie baignée de la sonore nuit des tropiques. Il ne parlait pas ; elle non plus ne trouvait rien à dire ; ils traversèrent le square Nachtigal, et elle entendait tout ce soir-là avec une extrême acuité, tout ce qui était semblable aux « premières fois » : les bruits d'eau, de voix dispersées venues de la plage, le concert des oiseaux, la musique qui montait par moments du bar du Parallèle 4, une de ces chansons tendres et désinvoltes. Et pendant qu'elle marchait à côté de lui, passive, démunie, inquiète, ne sachant comment sortir du silence, tête baissée, il fredonnait distraitement : *Whatever be true.*

— Vous savez qui était Nachtigal? dit-il soudain, comme ils passaient devant la statue. C'était le représentant de Bismarck au Cameroun; un homme efficace et habile. Un vrai Prussien. C'est lui qui a réussi à instaurer le protectorat allemand. Ça s'est joué à peu de chose : il était sur place le premier. Il paraît que le consul anglais est arrivé trop tard. Les Duala, qui n'ont jamais manqué d'humour, avaient surnommé ce consul anglais : Mister Too Late! Plutôt bon comme formule, non?

Mister too late.

Il s'arrêta près du blockhaus. Il dit : Tout va changer après janvier. Jacqueline et Raymond s'en vont. Je ne sais pas si vous êtes au courant. Jacqueline a déjà commencé ses bagages. Je l'ai vue cet après-midi. Pour moi, je ne sais pas. Je fais partie de l'administration. Ma femme et mes enfants m'attendent en France. Je retrouverai un poste à la Centrale, à Paris; du moins, c'est ce qui est prévu. Je reviendrai sans doute ici de temps en temps. Ils feront appel à moi. Il y aura besoin d'ajustements pendant la transition et je suis considéré comme un bon connaisseur du terrain. À moins que je ne fasse une demande pour retourner en Asie ou ailleurs.

Ils firent quelques pas dans la direction du blockhaus :

— Votre mari n'a aucune raison de partir, je suppose.

Elle dit : Non, pas pour le moment.

Ils restèrent à respirer l'odeur de la nuit côte

à côte. Il chercha dans sa poche de chemise, renonça :

— J'aurais la possibilité de rester. Il faudrait pour cela que je quitte le cadre administratif; je pourrais le faire. Je connais beaucoup de monde et j'aurai des opportunités. Vous savez, Madeleine, j'ai beaucoup pensé à vous ces derniers temps; j'ai beaucoup... d'affection pour vous. C'est drôle. Je suppose que vous vous en apercevez. Je suppose même que vous la partagez, cette affection. Je me trompe dans mes suppositions? Je suppose aussi que c'est difficile pour vous.

Il se tut tandis qu'elle s'écartait instinctivement. Il la dévisagea puis se rapprocha d'un mouvement brusque.

Il la saisit par la taille et passa le dos de sa main sur sa joue, du menton vers la tempe, très doucement, juste pour la toucher.

Elle ne réagit pas, se figea, le regard détourné. Elle ne le regardait pas, ne bronchait pas, ne disait rien.

Lui l'observait.

Elle finit, lentement, par se pencher, ramasser la girafe que Sophie avait laissée tomber. Et très pâle, presque hostile, elle appuyait nerveusement sur le petit animal en caoutchouc.

L'enfant, près d'eux, baragouinait ou chantonnait toute seule, s'accroupissant avec ses petits coudes pointus pour ramasser des choses par terre, d'autres enfants l'avaient rejointe, couraient ici ou là, sautillaient dans les flaques laissées par les pluies, elle essayait de les imiter ; elle tapait dans l'eau avec ses mains, s'arrosait.

— Viens ici ! cria Madeleine. Ne touche pas à cette eau. Regarde dans quel état tu es ! Couverte de boue rouge.

— Ce n'est pas grave, dit Prigent, agacé. Vous vous méfiez de tout. Votre fille n'attrapera rien. Laissez-la jouer ! Moi qui vous parle, j'ai vécu en pleine brousse, j'ai dormi dans des endroits que vous ne pouvez même pas imaginer. Je vous l'ai dit, dans des zones infestées de moustiques ; j'ai bu de l'eau des marigots ; je n'ai jamais rien eu ; vous êtes toujours sur la défensive ; on dirait que vous avez peur de tout.

Elle continuait à appeler Sophie : Donne-moi la main ! Reste tranquille !

Il avait allumé une cigarette :

— On ne sait pas ce que vous voulez. Ne vous inquiétez pas, Madeleine, mettez-vous bien ça dans la tête : je ne vous demande rien. Je ne vous ai jamais rien demandé. Vous avez bien compris ? Allez-y. Rentrez maintenant, on vous attend. Bonsoir.

Il s'était quand même retourné :

— Une chose quand même : faites attention quand vous irez au marché dans les jours qui viennent. Il peut y avoir des mouvements de foule. Évitez le marché et la gare routière. Je vous conseille d'envoyer Charlie. C'est bien Charlie, n'est-ce-pas ?

Un bruit énorme sortait des manguiers

sauvages et des flamboyants, les réverbères de la place du Gouvernement s'allumaient. Il y avait des gardes en faction devant le bâtiment officiel. Sophie devenait plus tranquille, le soir la calmait toujours ; elle trottinait sans protester, tenant avec docilité la main de sa mère et, de l'autre côté, la girafe qu'elle portait de travers, la serrant par une patte ou par le museau sur lequel étaient peints de grands yeux humains et tendres avec des cils. Elle dormait avec sa girafe. À table, elle réclamait qu'elle soit posée devant son assiette ; elle la laissait tomber, pleurait et il fallait la chercher dans l'obscurité, il fallait retourner en arrière, arpenter les trottoirs, fouiller le jardin, la nuit entre les arbres, même s'il pleuvait, au risque de tomber sur des bêtes. Elle était sale. On la retrouvait trempée et barbouillée par les averses.

— Tu pourrais quand même laisser cette girafe à la maison, disait Madeleine, tu ne peux pas l'emmener partout. Elle a besoin de se reposer.

— Non, disait Sophie.

— Ne réponds pas non. Tu réponds toujours non ; tu m'énerves, c'est désagréable. En rentrant, tu vas te coucher ; je te mets au lit.

— Non.

— Tu ne pourrais pas répondre autre chose ? Dépêche-toi.

Sophie ne voulait pas dormir. Le soir, quand Madeleine entrait dans la chambre pour faire une vérification, la petite fille avait les yeux ouverts dans le noir.

— Tu ne dors pas ! Tu ne dors pas encore ! Demain, je te remmène chez le docteur Ambrières. Il va te faire obéir. Moi, je ne sais plus ce qu'il faut faire, tu entends, je ne sais plus, je ne sais plus.

Sophie ne répondait pas et continuait à téter méthodiquement le museau ou l'oreille de sa girafe, les yeux ouverts.

— Le docteur va te donner des médicaments.

— Mais qu'est-ce que tu racontes ? disait Guy depuis la terrasse. Pourquoi lui parles-tu de médicaments ?

— Elle est nerveuse. Trop nerveuse. Le sommeil, à son âge, c'est important.

Madeleine tirait la moustiquaire, s'asseyait près du lit. Dans la chambre, elle se sentait à l'abri ; elle restait dans le noir ; Charlie allait et venait dans la pièce principale ; elle essayait de le retenir, le soir, pour éviter le tête-à-tête ; il enlevait leurs deux assiettes, les rinçait sous l'eau rouge du robinet. Puis elle n'entendait rien. C'était qu'il se tenait derrière la porte sans rien dire. Elle lui disait : Tu peux partir, Charlie. À demain.

Au début elle essayait, mais elle n'arrivait pas à réfléchir. Elle se doutait que Guy avait entendu parler de ces promenades. L'enfant éveillée n'avait pas l'air effrayée ; elle avait vu sa mère et attendait ; elle avait l'air d'observer le plafond fixement à travers le fin tamis de la moustiquaire. Qu'est-ce qu'elle s'était mis dans la tête ?

Madeleine restait près d'elle, engourdie, à écouter les bruits de la nuit qui passaient à travers les claustras, et ce bruit régulier de succion, le bruit que faisait cette petite vie obstinée et rétive dans le noir.

*

Dans une lettre, ma tante fait le récit de ses consultations chez Ambrières.

La consultation pédiatrique était chargée. Elles attendaient sur la galerie de l'hôpital avec des femmes qui portaient leur bébé dans le dos. Elles parlaient entre elles par signes, se souriaient. La femme écartait le linge pour montrer une petite tête ronde aux yeux scellés, collés par une conjonctivite, ou un bras gonflé par une piqûre.

— Viens voir, Sophie ! disait Madeleine. Regarde le bébé, comme il dort bien, comme il est mignon !

Sophie se penchait, fixait le bébé inconnu, tendait la main pour le toucher.

— Ne touche pas.

Ils s'asseyaient tous les trois ; le docteur derrière son bureau, Madeleine avec sa fille sur les genoux. La salle de consultation était à l'étage. L'hôpital dominait le Wouri. De grands cocotiers montaient devant la façade. Les palmes sèches frottaient contre le bois des claustras. Comme aucune pièce n'était fermée, on entendait toute la journée le bruit si particulier des feuilles sèches frottant contre le bois. Cela procurait l'impression du roulis d'un bateau. Derrière, en fond sonore, c'étaient les autres bruits de Douala : des engins dans les chantiers du port, des enfants qui jouaient à proximité, dans la cour d'une école ou d'une crèche (Madeleine écrit : « Il y a une école derrière l'hôpital »).

Elle écrit aussi : « Je ne comprends pas Ambrières, c'est un type bizarre. »

La pièce sentait le désinfectant et une odeur qui ressemblait à celle du bois d'eucalyptus.

Le docteur Ambrières asseyait Sophie sur la table de consultation ; il l'auscultait pendant que, roulant des yeux, tenant sa girafe par le cou, elle suivait les ombres des palmes que le vent chaud faisait remuer à l'extérieur.

— Penche la tête, disait Ambrières. Doucement.

Il se passait un mouchoir sur le front parce qu'il transpirait, et parlait de choses et d'autres, pour la distraire : il montrait un oiseau sur la galerie :

— Tu sais ce que c'est, ce petit oiseau bleu ? Un rollier.

Puis : Écoutez, il n'y a pas lieu de vous inquiéter ; je ne vois rien de spécial.

Tout de suite, Madeleine protestait :

— Elle ne dort pas, docteur. Mon mari ne voit pas le problème. Est-ce que des médicaments... ?

— Quels médicaments ? demandait Ambrières.

Il repassait le mouchoir sur son front d'un air distrait.

Un jour, il s'était rejeté en arrière dans sa chaise ; il les avait regardées toutes les deux.

Madeleine avait repris Sophie sur ses genoux. Il voyait qu'elle était nerveuse. Sophie le fixait de ses yeux noirs comme s'il avait été un ennemi ou un gros insecte. Il avait pensé : Pour les enfants, nous sommes des ennemis ou de gros insectes bizarres, même quand nous voulons les soigner. Et pour les femmes – il pensait –, pour les femmes...

Il avait demandé, pour la forme :

— Comme ça, tu ne veux pas dormir?

— Non, avait dit Sophie.

— Tu as peur?

— Non.

— Tu n'as pas peur du noir? Vraiment? Tu dis la vérité?

— Réponds poliment au docteur!

Il avait soupiré : Ce n'est pas grave. Vous êtes inquiète, Madeleine. Je vous trouve des yeux fiévreux et cernés. Êtes-vous prise de frissons le soir? Ce pourrait être un début de palu. Non? Vous faites attention? Vous me direz : ici, ça ne sert à rien. On a beau prendre toutes les précautions, essayer de se protéger. Mangez-vous avec appétit? Si c'est à cause des événements, vous avez tort, vous savez, tout sera – comment dire ? – absorbé. Il y aura certainement des secousses après l'indépendance, mais la vie reprendra son cours. Ici, on apprend la patience et le fatalisme. J'ai beaucoup travaillé en brousse et j'ai beau être un scientifique, j'ai fini par relativiser une partie de ce que j'ai appris. Il y a des guérisseurs dans les villages. J'en connais quelques-uns. Ils ne soignent pas le corps aussi bien que nous, mais ils ont certains résultats dans des domaines bizarres, dans ceux qui ne sont pas de notre compétence, justement. Je l'ai vu. Je ne sais pas sur quoi ils se fondent, la nature, les étoiles, toutes ces influences si complexes qui s'exercent sur un corps humain, qui orientent notre chance ou notre malchance car c'est ainsi, dans le fond, la vie. Nous avons de la chance ou de la malchance. Leur médecine est une forme, non pas de résistance à ce qui arrive, mais d'accompagnement et d'acceptation. Je ne dis pas qu'ils ont raison. Quelquefois, je pense que je ne sais pas grand-chose.

Il s'était levé, il avait fait le tour de la table :

— Ils ont une théorie selon laquelle on resterait toujours influencé par la première image qu'on a du monde. Votre petite fille est née à la tombée de la nuit, n'est-ce-pas ? Je me rappelle très bien. En tout cas, c'est une hypothèse : le soir serait pour cette jeune demoiselle en quelque sorte son *pays natal*, vous croyez au pays natal ? (Il tapota la joue de Sophie.) En tout cas, elle n'a pas besoin de médicaments.

Il pensait certainement : C'est vous, chère madame, qui avez besoin de médicaments. Mais il n'y en a pas pour votre maladie.

« Il s'est moqué de moi, écrit Madeleine. Tout le monde, ici, le prend pour un excellent médecin, mais c'est un charlatan. »

8

C'est Sophie qui a vendu la mèche.
Ce soir-là, assise sur sa couverture, elle faisait avancer sa girafe à petits sauts sur les lattes de la galerie : une latte, un saut. Elle la tenait par le cou, et marmonnait en essayant d'attirer l'attention de Charlie. Soudain, elle avait demandé d'une voix claire (elle parlait bien) :
— C'est qui, le monsieur ?
Madeleine avait sursauté.
— Quel monsieur ? avait demandé Guy.
— Le monsieur, avait dit Sophie, tu sais bien ; le monsieur.
Elle avait continué à faire sautiller sa girafe en chantonnant de manière énervante : *Le monsieur, le monsieur. C'est qui, le monsieur ?*
— Tais-toi, avait dit Guy.
Il s'était tourné vers ma tante :
— Qu'est-ce qu'elle veut dire ?
Je sais à quel point Sophie pouvait être exaspérante. J'ai le souvenir de ces repas chez grand-mère pendant lesquels elle continuait malgré

l'interdiction à mâchonner son chewing-gum, et qui finissaient toujours mal : « Arrête, Sophie, crache ce chewing-gum et finis ton assiette. » Ou : « Sophie, sors de table tout de suite. »

Les difficultés qui ont suivi, personne n'en a rien su dans la famille, à part ma mère. Ma tante lui avait écrit; elle était en plein désarroi. Grand-mère devinait certaines choses, mais elle n'a eu que des soupçons.
Guy avait déjà dû entendre des allusions, sinon il n'aurait pas aussi violemment réagi. Il faut d'ailleurs le reconnaître, on commençait à en parler; un début de rumeur touchait Madeleine. Il y avait, chez les hommes surtout, une curiosité amusée à l'idée de voir la « petite Mme Morand », d'habitude si discrète, si rangée, avec ses bras minces, son maintien et son air sévère, s'affichant avec Prigent sur le port, alors que tout Douala profitait de la fin du jour sur le boulevard Maritime. « Elle est jeune, disaient-ils. C'est curieux parce que ce n'est pas du tout son genre à lui. »
Ces rumeurs n'avaient pas d'autre fondement et n'allaient pas plus loin. Il en courait bien d'autres dans la petite communauté d'Européens : c'était le genre de micro-société où les gens tournent en rond et s'observent. Tout le monde se connaît. On se distrayait avec des histoires de trois fois rien, des rivalités d'avancement, des manies, des liaisons prêtées à l'un ou l'autre.

La femme du Délégué résumait d'ailleurs l'impression générale. Elle avait dit en petit comité (le mot avait couru) : «Quand même, Yves exagère. Il ne peut pas laisser *cette petite Madeleine* tranquille?»

C'est dans ce contexte qu'eut lieu la fête chez les Villers, au mois d'octobre. Elle précède l'instauration du couvre-feu puisqu'on pouvait encore sortir, mais de très peu. Les Villers – leur nom est mentionné dans une lettre –, Jean-Louis et Christiane, étaient des commerçants; lui avait monté une fabrique de savons qui avait pris de l'importance à Douala. Il exportait. C'était un gros client du port. Ils recevaient beaucoup et il y avait du monde ce soir-là, d'autres commerçants du quartier du port, mais aussi des planteurs de passage, des fonctionnaires de l'administration (les Villers tenaient beaucoup à les inviter), des militaires.

Le buffet avait été servi dans le jardin. Ils en étaient au café et les boys apportaient des tasses. La pluie qui menaçait depuis le début de la journée commençait. À Douala, les premières gouttes des orages vous frappaient le dos comme des pierres; les invités s'étaient bousculés en désordre à l'intérieur en emportant tout ce qu'ils pouvaient attraper. Je crois que c'était un anniversaire, qu'ils avaient commencé à chanter «Joyeux anniversaire» et qu'ils avaient repris à l'intérieur malgré le bruit terrible sur le toit.

C'est là, à ce moment, qu'il y avait eu un aparté entre ma tante et Yves Prigent; il n'avait pas duré longtemps, mais on les avait vus ensemble, penchés à la lisière de la pluie battante qui éclaboussait la terrasse. Au début de la soirée, avant cela – par tactique ou par prudence –, Prigent ne s'était pas approché de Madeleine. Mais il l'avait interceptée au moment de la bousculade, et il parlait tandis qu'elle écoutait sans le regarder, consciente qu'on l'observait ; mal à l'aise, posée à sa manière d'oiseau comme si elle cherchait à tenir le moins de place possible. Elle passait sa main sur la balustrade comme pour éponger l'eau.

Prigent repartit tôt, ce soir-là, en voiture. Peu après son départ, Guy avait parlé durement à sa femme devant témoins, il l'avait rembarrée sous un prétexte. Elle était partie à son tour, à pied, sous la pluie torrentielle, par un temps où on n'aurait pas mis un chien dehors.

Peu de gens s'étaient aperçus du départ de Madeleine, certains avaient demandé : Où s'en va-t-elle ? Ou s'étaient étonnés : Madeleine est déjà partie ? Mon oncle détournait la conversation, il avait parlé de Sophie, d'un problème ; il avait dit, agacé : Ma femme est beaucoup trop nerveuse.

Je crois qu'elle a couru sous des seaux d'eau. Les rues étaient désertes ; juste des types recroquevillés ici ou là cherchant à s'abriter sous un arbre ou sous un panier. Quand il pleuvait, les gens couraient partout. Les pluies de ce pays avaient quelque chose de fatal, d'anesthésiant ; on écoutait sans fin la terre rouge les absorber; on les écoutait froisser les feuilles grasses des avocatiers, des calebassiers, fouetter au loin le quartier africain, les entrepôts, les grues qui permettaient le chargement et le déchargement des bateaux à quai, le Wouri et la baie; c'étaient comme de grandes douches qui vous lavaient de tout, qui par leur bruit de fond roulant occupaient entièrement la conscience. À l'extérieur de Douala, les radiers se gonflaient d'eau, les voitures s'embourbaient. Les jours de pluie, quand on passait dans les villages, les gens restaient plantés sous les auvents des cases, les vieux et les enfants, et on pouvait se demander ce qui traversait leurs yeux graves, quelle était la lente pensée informe qui naissait de la considération de la pluie.

La rue était sombre et leur case, éteinte; le blanc des murs ressortait faiblement entre les arbres. Elle eut peur quand elle arriva : Et si quelqu'un était entré? Et si Charlie était parti en laissant la petite seule? Mais elle le vit tout de suite assis sur la terrasse, dans le noir, dos au mur, le front levé, les yeux fermés; il avait l'air de respirer la pluie qui amenait avec elle l'odeur de boue de l'estuaire. Est-ce qu'il dort? pensa Madeleine.

Elle voulut dire : Où est Sophie? Elle est au lit? Tu devais la mettre au lit. Mais, sans un mot, il la montra, elle était avec lui, à sa gauche, couchée sur sa couverture; elle aussi écoutait la pluie en suçant son pouce.

Il dit : Elle veut pas dormir. Sinon, elle pleure.

Il regardait Madeleine avec stupéfaction et elle s'aperçut de son état : elle avait les cheveux trempés ; sa robe lui collait au corps. Elle eut honte. Elle pensa à « madame Virginie ».

— Vas-y, dit-elle, il est très tard.

Guy attendit la fin de la soirée d'anniversaire, la dispersion de tous les invités.

Elle vit la voiture arriver, mais il resta tout un moment à l'intérieur, phares éteints et elle devinait son ombre pleine de reproches derrière le rideau de la pluie. Elle avait renvoyé Charlie et attendait sur la terrasse. Elle avait les cheveux collés. Elle ne s'était même pas déshabillée.

Il finit par sortir et monta les marches à pas lents. Il dit seulement :

— Tu ne vas pas passer la nuit ici. Viens te coucher.

Il s'allongea, en l'observant à travers la moustiquaire, il devait deviner ses mouvements. Peut-être pensait-il qu'au fond, il avait toujours été séparé d'elle, comme par ce tissu ; peut-être était-il fatigué et triste. Elle savait qu'elle n'avait pas d'excuse ; elle allait et venait entre la chambre et leur petit cabinet de toilette, éclairé par une ampoule dont la lumière blanche le gênait. Il demanda : Sophie dort ?

Puis il dit posément : Je suppose que tu sais que c'est un coureur. On lui prête pas mal d'aventures.

Elle ne broncha pas.

Elle marchait, pieds nus, sur le plancher de bois, occupée à ces tâches des femmes qui se préparent pour la nuit; il était près de trois heures du matin.

Elle tremblait car Guy continuait à parler derrière la moustiquaire :

— Il se moque de toi. Tu n'es pas capable de le voir ? Tu es complètement ridicule. Tu te rends ridicule. Les gens commencent à en parler. Il paraît que tu vas te promener avec lui sur la falaise, avec Sophie. Est-ce que je mérite ça, dis-moi ? Est-ce que je le mérite ? Il a dix ans de plus que toi. Quand il est à Douala, il vit avec Elizabeth Shermann. Tu le sais ? Il t'a dit qu'il vivait avec Elizabeth Shermann ?

9

D'importantes pluies frappèrent la majeure partie du Cameroun vers le milieu du mois d'octobre. Le 13 au matin, il y eut une grève au marché. Les vendeurs s'étaient donné le mot, aucun d'eux n'avait ouvert son comptoir. La grève n'était pas annoncée. Elle prit tout le monde par surprise.

Le marché était un des lieux les plus animés de Douala. Ce matin-là, un silence inhabituel et pesant régna sur la ville.

Ma tante, qui faisait elle-même son marché plusieurs fois par semaine, dut faire demi-tour. Quand ils l'avaient vue, des militaires qui fermaient la zone l'avaient refoulée :

— Qu'est-ce que vous faites ici ? Rentrez chez vous immédiatement ; c'est dangereux ; surveillez les abords de la maison. Si vous avez le moindre doute, appelez la gendarmerie.

Les rues étaient vides. Pas une voiture. Pas un vélo. Pas un enfant. Même pas ceux qui traînaient d'habitude en petits groupes, les grands devant, les petits qui suivaient, curieux et farouches. Ils s'enfuyaient comme des moineaux dès qu'on s'approchait. Mais une rumeur montait quelque part, du centre de la ville – probablement une réunion publique ou une manifestation, au centre de New Bell. Le bruit était plus net quand elle rentra chez elle.

— Tu sais ce qui se passe ? demanda-t-elle à Charlie.

— Je ne sais pas.

Il balayait lentement les marches.

— Je t'avais dit de balayer à l'intérieur.

Il ne dit rien et continua.

Elle appela Évelyne Prieur, mais il n'y avait personne chez elle.

Guy téléphona dans la matinée :

— Tu es là ? Tu n'es pas allée au marché, j'espère ? C'est de la folie. Il y a beaucoup de tension aujourd'hui ; on suspend les chargements ; tout le monde craint que ça dégénère. Ne bouge pas. On ne sait pas comment la situation peut évoluer. Nous avons eu des consignes. On parle de l'instauration du couvre-feu pour ce soir. C'est imminent. Les colons, surtout, sont inquiets ; il paraît que certains ont demandé une protection militaire ; c'est d'autant plus préoccupant qu'avec ces pluies les pistes sont impraticables. Il sera difficile d'intervenir.

Le téléphone sonna quelques minutes après : c'était Prigent.

— Vous êtes chez vous ? Heureusement ! J'ai su

que l'autre jour vous étiez rentrée sous la pluie. Les nouvelles vont vite. Je ne sais pas quoi vous dire; c'est ma faute. Et je suis désolé, Madeleine. Sachez-le. Vraiment désolé.

Elle se taisait. Il dit : Les gens inventent n'importe quoi, je suppose. Je sais que je ne devrais pas vous appeler, mais je n'ai pas d'autres solutions si je veux vous parler. Je suis au bar de l'Akwa. Adamou a cherché votre numéro de téléphone. Je dois avancer mon retour à Yaoundé et contrairement à ce que je vous ai dit, je ne suis pas certain d'être à Douala pour les fêtes de l'indépendance. Je pars ce soir. Est-ce possible que je vous revoie avant de partir, Madeleine? J'y tiens beaucoup. Il se trouve que je vais passer en voiture rue Clemenceau dans l'après-midi. Si jamais vous pouviez, je serai au bout de la rue. Je m'arrêterai là, à cinq heures. Je ne vous prendrai pas votre temps. Ne venez pas après cinq heures un quart; je serai obligé de partir. Vous pourrez sortir, ne vous inquiétez pas; s'ils ferment tout, ils ne fermeront qu'à six heures. Si vous tombez sur une voiture militaire, racontez-leur n'importe quoi, ils vous laisseront passer. Est-ce possible pour vous, Madeleine?

Elle dit oui.

— Répétez-le, dit-il.

Mais elle raccrocha.

À midi, un drôle de silence, attentif et épais, était revenu dans la ville. Charlie se blessa au doigt à la cuisine et elle lui fit un pansement, ce qui prit du temps. Il était très douillet et murmurait à voix basse : Ouh là là, ouh là là. Des bruits de voix – ou peut-être de cris, ou de slogans scandés – recommencèrent. Le ciel devint très sombre et, peu après midi, il y eut une énorme pluie orageuse ; elle masqua le bruit de la manifestation, elle tomba sur l'étrange zone silencieuse du marché fermé. À dire vrai, il était impossible de savoir s'il y avait eu des échauffourées ou si la ville protestait seulement par ce silence, ce renoncement.

Vers trois heures, on entendit quelques coups secs comme des tirs. Peut-être que l'armée, aidée de la garde camerounaise, dispersait des groupes hostiles.

Ils ne tireront pas, se dit ma tante. Quand ils le font, c'est toujours en dehors de Douala. Elle entra dans la chambre, ferma la porte derrière elle, et vérifia quand même la place du fusil derrière le rideau ; elle le souleva (il était lourd), essaya de se souvenir : il faut «l'armer». Elle ne savait même pas ce que ça voulait dire. Le bruit de la pluie couvrait tout. Elle ouvrit sa penderie, chercha une robe, en changea : Je ne pourrais pas. S'ils entraient, comme au cinéma, je reculerais au fond de la maison. Je reculerais jusqu'à ce qu'ils tirent. Peut-être que je ne les verrais pas. Ils viendraient par-derrière.

Elle coucha Sophie pour une sieste, puis s'assit, les mains sur les genoux, derrière le claustra du salon. À quatre heures, elle mit la radio, il y eut d'abord une voix inaudible sous un grillage de parasites, puis des variétés :

Le temps passe si vite
Le soir cachera bien...
... Puis nous arriverons
Sur u-ne place grise

Elle se souvint qu'elle avait du rangement à faire. Elle finit par sortir sur la terrasse ; la rue semblait déserte ; de la latérite trempée montait cette odeur qu'on n'identifiait pas au début, qu'on respirait en arrivant, dès qu'on posait le pied sur les quais du port, qui devenait après, pour vous, et pour toujours, celle de l'Afrique. Elle avait l'impression de voir la terre se soulever, se dilater sous l'averse.

Peu après – Sophie était réveillée – Charlie, dolent, vint s'asseoir lui aussi sur la terrasse, avec sa main blessée, ses longues jambes étendues devant lui. Sophie s'exerçait à passer par-dessus, comme si les genoux avaient été de petites collines ; il l'attrapait par le dos de sa robe pour la faire tourner et la faisait sauter en l'air. Elle criait de joie. Le temps passait. Ma tante crut voir quelqu'un courir dans la rue, mais elle ne se leva même pas. La pluie faisait penser à ces fontaines d'eau calcaire qu'on appelle des fontaines pétrifiantes. Elle se répétait machinalement :

Puis nous arriverons
Sur u-ne place grise

Quand le téléphone sonna, elle était tellement

engourdie qu'elle mit du temps à réagir. Elle arriva trop tard. D'après ma mère, elle se demanda toujours, après, si Prigent avait essayé d'annuler le rendez-vous. Elle pensa rappeler. Il aurait fallu qu'elle cherche le numéro de l'Akwa Palace en passant par le central, et à l'idée des questions du portier ou du réceptionniste – Adamou, se rappelait-elle. Adamou dirait : « Qui le demande ? » Elle renonça.

À cinq heures moins cinq, elle se leva :

— Charlie, il faut que je sorte ; j'ai une course. Je n'en ai pas pour longtemps. Tu t'occuperas de Sophie, tu feras bien attention.

Il se lança dans une longue protestation confuse, parlant avec ses mains, levant très haut celle qui était blessée ; elle n'écoutait rien ; elle le regardait sans comprendre. Le téléphone sonna à nouveau, il ne sonna que deux fois. Et coupa tout de suite.

Ils la fixaient tous les deux, un regard qui venait du fond de l'abandon, de l'enfance, de la fatalité.

Il faisait de plus en plus sombre. On approchait du crépuscule. On n'attendait plus que le soir. Elle répéta :

— Charlie, je te dis que j'ai une course. Je reviens tout de suite. Je n'en ai pas pour longtemps.

Elle prit un parapluie, descendit les marches, tourna à gauche ; elle avait encore le temps d'arriver au bout de la rue Clemenceau ; elle n'aurait que cinq minutes de retard, mais elle heurta un homme qui venait vers elle en courant. Il s'exclama :

— Madeleine, c'est vous. Qu'est-ce que vous faites dehors ?

C'était Jacques Prieur :

— Il y a des hommes dans la rue d'à côté. On ne sait pas exactement le nombre. Ils n'ont pas l'air hostiles. Il est possible que ce soient des commerçants du marché qui attendent simplement. Mais ils sont là malgré la pluie et on ne sait jamais. Nous faisons le tour du quartier avec une patrouille, et je venais chez vous pour vérifier que tout allait bien. Je vous raccompagne. Ce n'est pas une bonne idée de sortir. Guy ne va pas tarder. Il m'a appelé ce matin pour que je passe chez vous. Il a dû essayer de vous joindre.

Elle n'avait fait que quelques mètres. Elle rentra avec Prieur et se rassit.

— Tu sais bien que le marché est fermé, dit Charlie. Tu ne peux pas faire de courses. Personne ne peut faire de courses aujourd'hui.

— C'est vrai, dit-elle. Je vais téléphoner.

Elle s'était décidée d'un coup. Guy ne tarderait pas. Elle n'avait qu'à demander le numéro au central. Ce fut plus facile qu'elle ne l'imaginait. Il y avait comme un écho dans le téléphone, et elle dit, très vite :

— Je cherche à joindre M. Prigent.

— M. Prigent ?

L'homme qui répondait avait un accent africain, ce qui la soulagea. Adamou !

— Il était là tout de suite, reprit Adamou. Je

vais voir. Voulez-vous me donner votre nom s'il vous plaît ?

— Madeleine, dit-elle, d'une voix trop basse.

— Comment ?

— Madeleine.

— Je vais voir, madame, dit-il poliment. Je vais faire monter quelqu'un.

Il dut poser le combiné. Elle entendit quelque chose qui ressemblait à de la musique, ou au bruit d'une radio, des voix lointaines, elle entendit Adamou qui disait à quelqu'un : « Madame Madeleine. » Et l'autre répétait, trop fort : « Madame Madeleine ? » On devait l'entendre dans le bar. Puis l'homme dit : « Où ça ? »

Puis un long moment de silence ; il avait dû partir ; elle faillit raccrocher, mais Adamou reprit le combiné :

— Malheureusement, madame, M. Prigent est reparti. On me dit qu'il est rentré à cinq heures un quart ; la voiture est repartie tout à l'heure. Il y a des barrages du côté du terrain d'aviation.

La voiture de Guy entrait dans le jardin.

Il ne restait que deux ou trois minutes avant la tombée de la nuit. Dans les manguiers ruisselants de pluie, les perroquets commençaient à crier. On ne savait pas ce qui se passait au cœur de Douala.

Vers six heures, le couvre-feu fut décidé. Ils écoutèrent la nouvelle à la radio. Il était applicable à six heures et demie. Ce soir-là, les voitures militaires qui avaient barré les accès à la ville circulèrent dans les rues. Elles roulaient très lentement, le toit fermé, en quadrillant les rues comme des convois funéraires. Elles longeaient le port, puis revenaient par le quartier d'Akwa, l'hôpital, la place du Gouvernement où plusieurs véhicules stationnaient. Les militaires avaient des porte-voix et ils demandaient aux gens de rester chez eux.

Les convois militaires passèrent certainement avenue Poincaré devant l'Akwa Palace. La radio était allumée au bar ; des clients écoutaient les nouvelles en les commentant entre eux à voix basse.

Vers huit heures, la pluie cessa. Les orages se déplaçaient vers Yaoundé ; le ciel s'était dégagé, et la nuit était belle. C'est un des paradoxes de Douala : la saison des pluies est le seul moment où, parfois, on peut voir le ciel. Il y avait du vent. Des étoiles agrandies et floues tremblaient très haut dans la buée humide comme si elles n'étaient que la projection dans l'atmosphère des petites lumières dispersées qu'on voyait à l'horizon depuis le pont, de l'autre côté, à Bonabéri.

Quand les voitures furent passées, des groupes d'hommes leur succédèrent ; ils parlaient en bamiléké. Puis, une altercation, d'autres voix énervées – des Blancs, sans doute, qui cherchaient à braver le couvre-feu et qui s'expliquaient avec Adamou. Le propriétaire de l'hôtel ne voulait pas d'histoires avec les autorités.

En fait, on l'apprit ensuite, il ne s'était pas passé grand-chose à Douala ce jour-là, à part la grève. Au bout d'un moment, tout sembla recommencer comme avant, l'orchestre se réinstalla dans le hall de l'hôtel ; il n'y avait pas de danseurs, mais il joua en sourdine :

> *Domino, Domino*
> *Le printemps chante en moi, Dominique*

Et un homme qui était sorti fumer à l'entrée en regardant la nuit, en attendant lui aussi que ses yeux se familiarisent avec l'ombre, reprenait à mi-voix les paroles :

> *T'as le cœur lé-ger,*
> *Tu ne peux chan-ger*

10

Vers minuit, Jacqueline, la femme du Délégué, était assise à sa coiffeuse. Dans la pièce à côté, le Délégué, en grande conversation au téléphone – soit avec le haut-commissaire lui-même, soit avec un représentant du Parlement africain – disait : « Il faut à tout prix éviter le sang. »

Un énorme papillon de nuit était entré par la porte ouverte. Il devait venir des arbres. Il allait se poser sur un mur, et, en pleine nuit, il se cognerait contre un claustra, attiré par la lumière de la lampe extérieure.

Jacqueline se brossait les cheveux ; elle écoutait vaguement la conversation de son mari en se demandant si c'était le haut-commissaire en personne. Ils avaient renforcé les gardes autour de la Délégation. Une voiture de l'armée stationnait devant la grille.

Dehors, des moustiques qui montaient par nuées du sol tournaient autour des lampes qui éclairaient le jardin ; *ils tournaient, tournaient, tournaient, tournaient, tournaient toujours, plus ils tournaient, plus il souffrait du mal d'amour* – ça venait d'une chanson connue. Elle brossait : cent coups de brosse pour le brillant et la souplesse, ses cheveux étaient mous, tout était humide.

Elle se regardait dans le miroir de sa coiffeuse et elle se disait qu'elle avait l'air fatigué. Il y avait l'usure de l'Afrique, l'anémie que causait le climat, le manque de fer, la chaleur. Ils étaient en poste depuis six ans et Ambrières disait toujours : « Une année ici compte comme deux années d'Europe. »

La case du docteur Ambrières n'était pas très bien tenue. Le boy faisait ce qu'il voulait. La seule chose qu'exigeait le médecin, c'était le repassage de ses chemisettes blanches pour sortir. Ambrières vivait beaucoup à l'extérieur, comme tous les célibataires, invité chez les uns ou les autres tous les soirs. Il rentrait tard, dormait peu. Souvent, la lampe brûlait sur sa terrasse une partie de la nuit.

L'énorme papillon fit du bruit ; il avait dû se jeter à nouveau contre les lamelles du claustra. Il viendrait peut-être voleter contre son front ou ses cheveux pendant la nuit.

Elle frissonna. Ils avaient encore tiré dans l'après-midi, en dehors de Douala. Son mari ne lui donnait jamais d'explications. Elle se souvint d'un oiseau blessé qui était tombé sur la galerie, et pendant une heure avait heurté le bas d'un claustra ; il essayait de voler. Il frottait son bec contre les lamelles en essayant de passer au travers; il revenait à la charge mécaniquement, absurdement, sans comprendre. Il avait dû être touché à l'aile.

Elle l'entendait et pourtant elle n'avait rien fait. Elle aurait dû essayer de le prendre, le soigner ou au moins le poser dans un coin du jardin pour l'aider à mourir. En fait, elle avait peur. Quand une bête est sur le point de mourir, elle nous fait peur. Tout ce qui va mourir nous fait peur.

Elle avait dit à Ambrières : « Nous partirons courant janvier. Je prépare déjà le départ. Je mets en caisses. L'administration s'en va. Tout le monde se recase ; c'était prévu de toute façon. Pour le moment, nous retournons en France. D'abord à Cannes. Ce qui arrive ici ne nous concerne plus. Il est grand temps que ça ne nous concerne plus. »

Il avait soupiré : « Je sais ce que vous voulez, Jacqueline, mais je ne partirai pas. Qu'est-ce que je ferais *maintenant* en France ? Que voulez-vous que je devienne ? Me recaser, comme vous dites ? Trouver un poste à Paris ou dans un hôpital de province ? *Clermont-Ferrand ? Montargis ? Mâcon ?* (Il avait ricané.) Mâcon ! ça fait rêver ! Je sais ce que c'est : j'ai commencé comme médecin militaire à Mâcon, dans ma jeunesse. »

Ils avaient eu cette conversation plusieurs fois, chez lui et à l'hôpital. Elle allait le voir à son bureau ; il allait et venait à travers la pièce, il finissait par lui tourner le dos, planté devant une persienne. Les palmes sèches frottaient le bois, ça sentait le désinfectant, son bureau était à l'étage, sur la galerie, et il y avait toujours ces bruits qui montaient de la ville, le Wouri en bas, les engins du port, et des voix dans le couloir, des infirmières, elles riaient et bavardaient.

Il avait dit rêveusement : « J'ai passé mon dimanche au bois des Singes. Qu'est-ce que vous voulez que je fasse ailleurs ? Je mourrais de froid. Tout me manquerait. Les oiseaux, le bruit des palmes, le bruit de la cour de l'école en bas, ces gamins qui jouent au foot, les gens – j'en connais tellement, j'en ai tellement soigné. »

Il avait dit : « J'aime Douala. Quand je sors de l'Akwa Palace à deux heures du matin, la nuit est aussi chaude qu'à six heures, et elle a cette odeur d'épices, d'estuaire et de pourriture qu'on ne retrouve nulle part. » Il avait dit rêveusement : « Des nuits royales, Jacqueline, même si ça bouffe le foie, même si j'ai le palu, avec les moustiques, j'ai oublié ce que c'était, de vivre ailleurs, je vous assure. Quand on a connu ce monde, c'est fini. Qu'est-ce que vous voulez que je devienne ? Un vieux type enfermé chez lui entre quatre murs ? Vous me manquerez, mais ma vie est ici. À mon âge, la vie est faite d'habitudes. Pour vous, c'est différent, je comprends bien. »

Elle savait qu'il rencontrerait d'autres femmes. Il en avait connu d'autres, avant elle, des femmes comme elle, qui s'ennuyaient, qui accompagnaient leur mari en poste, qui allaient en consultation chez lui; il irait le soir, comme toujours, boire un verre à l'Akwa Palace. Il avait commencé comme médecin de brousse – les whiskies, le cigare. C'était l'alcool qui lui mangeait le foie. Il mourrait seul. L'Akwa Palace se délabrerait lentement : des fissures apparaîtraient sur les murs, il y en avait déjà au-dessus du bar, on les voyait quand c'était éteint, il y en avait dans l'émail des lavabos des chambres; des oiseaux, les plus petits, passeraient entre les lamelles des claustras, le soir, le bruit des oiseaux monterait de partout, de l'intérieur des chambres, les *vastes chambres de la partie ancienne* tomberaient en ruine, la Délégation serait vide. Des enfilades de pièces nues.

Il avait dit : « N'en parlons plus, Jacqueline. Je crois qu'on a fait le tour du sujet. À propos, Madeleine Morand est revenue l'autre jour m'amener sa petite fille. Je ne sais pas ce qu'elle a ; elle est persuadée que la petite est malade ; elle veut que je lui donne des médicaments. (Il avait ri.) C'est à elle qu'il faudrait donner des médicaments. Drôle de petite femme ! C'est curieux. On dirait que Prigent s'est toqué d'elle. Je les ai aperçus en ville. J'étais en voiture dans le centre. Ils ne m'ont pas vu. Remarquez : les contraires s'attirent.

— Yves perd son temps. Même Raymond, qui ne remarque jamais rien, m'en a parlé. Son mari lui a fait une scène chez les Villers en plein milieu de la soirée. Je n'y étais pas, mais on me l'a raconté. Il paraît qu'elle est rentrée à pied chez elle sous des cordes.

«Yves aime plaire, dit-elle après quelques minutes. Il n'est pas incapable d'une certaine exaltation un peu triste. Je l'ai bien connu en Indochine. C'est même, dit-elle lentement, ce qui fait son charme. En dehors de sa séduction personnelle. Difficile, n'est-ce pas, de dire pourquoi.

— Pourquoi, répéta Ambrières. Pourquoi! (Il tapota le bois d'une persienne.) Il boit trop. Ça ne se voit pas encore, mais il boit trop.»

*

La pluie coulait dans les gouttières du toit.

Dans la pièce à côté, la conversation continuait au téléphone. Puis elle coupa et le Délégué entra dans la chambre :

— Tu n'es pas couchée?

Il l'observait dans le miroir : elle avait reposé la brosse et mettait de la crème nourrissante sur son cou, une crème Elizabeth Arden; elle avait près de cinquante ans, «*l'âge déjà. l'âge même*».

(Où ai-je lu cette phrase?)

Elle était à ce moment où la vie des femmes s'infléchit quoi qu'on fasse. Elle avait toujours de belles épaules mais elle avait vieilli; son mari avait remarqué le relâchement de son cou. Avant les réceptions, elle était toujours en retard, elle laissait sur le lit un désordre de jupes et de bijoux entre lesquels elle n'arrivait pas à choisir; elle lui demandait de l'aider à fixer la chaîne de sécurité de son collier; il avait du mal et elle s'impatientait ; il le voyait parce qu'une rougeur marbrait sa nuque, signe, chez elle, de la contrariété, de l'impatience ; il essayait d'attraper le minuscule fermoir en or ; il disait : « C'est trop fin, ces trucs-là, pourquoi font-ils des chaînes aussi fines ? »

Il resta un moment dans l'encadrement de la porte, l'air fatigué, et il se décida :

— J'ai une mauvaise nouvelle.

— Une attaque ? demanda Jacqueline en se retournant. Encore ? Où ?

— Non. Pas ce soir. Avec le couvre-feu, c'est relativement calme. Ahidjo a la situation en main. Non. On a téléphoné de Yaoundé. Je viens d'avoir la communication. Le vol de fin d'après-midi – celui qui partait de Douala – n'est pas arrivé. Il a cinq heures de retard. L'atterrissage était prévu avant sept heures. On n'a eu aucune trace, aucun message radio ; et l'avion est parti à l'heure. J'ai fait téléphoner à la tour de contrôle. Évidemment, il a pu changer de direction. C'est possible. Je n'en sais pas plus. On ne sait rien pour le moment. Il y a de la forêt sur le parcours, et le temps était épouvantable.

Il se tut et répéta : Épouvantable.

Jacqueline avait arrêté de se passer de la crème sur le cou. Elle savait ce que ça voulait dire, un avion *qui n'atterrit pas*. Aucun avion ne reste en l'air. Ils savaient tous les deux ce qu'était la forêt vierge, surtout en pleine saison des pluies. La lumière n'y pénètre pas. Les recherches seraient très difficiles; il serait impossible de localiser l'appareil.

Une aiguille dans une botte de foin.

On pourrait chercher des années, on aurait beau mettre l'armée, ou des pisteurs. De petits avions se perdaient dans la forêt vierge et on ne les retrouvait jamais. Un plongeon entre les arbres. Et rien. C'était fini.

Ils avaient tous les deux la même phrase en tête : *la forêt vierge ne rend pas les morts.*

— On parle de quatorze personnes. Il y aurait Legal, le directeur de la caisse d'allocations familiales, et un membre du gouvernement d'Ahidjo. Prigent aussi serait dans le vol, ce n'est pas sûr encore, ils n'ont pas fait de liste. J'attends confirmation. C'est malheureusement vraisemblable. Je savais qu'il devait rentrer à Yaoundé. Je ne savais pas la date.

Il laissa un silence :

— Je suis comme toi. Ça me fiche un coup. C'est épouvantable. Absolument épouvantable.

*

Sophie a déplié l'article qui a paru le lendemain de l'accident. Ma tante Madeleine l'a découpé et annoté avec la mention de la date, à dire vrai, à peine lisible : 14 octobre 1959.

Un autre article à moitié déchiré en haut de la même page de journal parle de la surveillance militaire, de décisions prises à Paris, du calendrier des cérémonies de l'indépendance :

discours, défilés des enfants des écoles, bals, feux d'artifice, fêtes nautiques.

L'article qui concerne l'accident est entier. Il a pour titre « Disparition du vol Douala-Yaoundé » et il donne les premiers éléments : l'heure du décollage – dix-huit heures –, le temps de vol approximatif, l'absence de tout signal. L'appareil a littéralement disparu ; il semble avoir quitté la fréquence. Il n'a pas émis de message, sans doute parce que, dans la zone estimée de sa disparition, à une centaine de kilomètres de Douala, il volait bas ; la portée radio est réduite en cas de faible altitude. Il se trouvait dans ce que les pilotes appellent une zone blanche.

On excluait la panne de moteur. C'était un Héron, un modèle récent développé par la compagnie anglaise De Haviland. Un encadré, avec une minuscule photographie, présente l'appareil – ou un prototype – avec ses avantages : une capacité de quatorze personnes, quatre moteurs, un fuselage élargi ; c'était plus confortable ; les passagers pouvaient se tenir debout ; des hublots plus grands amenaient davantage de lumière dans la cabine.

L'article rappelle aussi qu'en février 51, huit ans auparavant, le DC4 *Ciel de Savoie*, un de ceux de la ligne régulière, avait heurté les pentes du mont Cameroun. Il y avait eu vingt-neuf morts : les vingt-trois passagers et les six membres d'équipage. L'avion, en route pour Niamey, avait décollé de Douala vers quatorze heures. Mais les conditions n'avaient rien à voir. Il faisait beau, l'équipage était face au soleil, et quand on prend la piste dans l'axe nord-ouest, le mont Cameroun est juste en face. Ce jour-là, comme souvent, il était noyé dans la brume et l'équipage ne l'a pas vu ; était-ce l'inexpérience ? ou l'éblouissement du soleil ? à l'époque, il n'y avait pas de radar. Il semble qu'au dernier moment ils aient tenté un virage. Mais une aile a heurté la montagne.

Dans un deuxième article, du lendemain, lui aussi découpé, plié, daté, très abîmé aux endroits des pliures, on donne la liste complète des passagers ; quelquefois leurs titres : le docteur Ebangué, un ministre africain ; André Legal, directeur de la caisse d'allocations familiales ; Yves Prigent, administrateur civil à Yaoundé. Et des inconnus dont j'ai lu et relu les noms comme ceux des invités du bal : M. et Mme Pierre Lévêque, Henri Fortel, Yvette de Koeker. Il y a plusieurs photographies en médaillon mais l'encre n'a pas bien tenu.

Le Héron n'avait pas une grande amplitude de vol.

On émettait pourtant l'hypothèse qu'il ait tenté un atterrissage ailleurs, en changeant de cap. Dans ce genre de situation, les pilotes cherchent à contourner l'orage. Il pouvait y avoir des survivants, tout le monde s'accrochait à l'espoir.

Une patrouille de l'armée aidée de pisteurs commençait les recherches. Ils essayaient de progresser au cœur de la forêt. Mais cherchaient-ils au bon endroit? Plus le temps passait – les jours –, plus il devenait vraisemblable qu'on ne trouve pas le lieu de la catastrophe, que cela prenne des semaines, des années. Et même si on trouvait, il ne resterait rien des corps. Ce n'étaient pas les premiers morts qui n'auraient jamais de tombe au carré européen du cimetière, qui resteraient d'éternels «disparus». Ce n'était pas le premier avion qui se perdait, que l'énorme mer végétale et les pluies du golfe de Guinée dissoudraient peu à peu, mêleraient à la boue et au sol. S'il avait pris feu en touchant les arbres – ce qui était vraisemblable car le réservoir était plein –, l'incendie n'avait pas duré, il avait été éteint par les pluies. Il n'avait laissé aucune trace.

11

J'ai essayé d'imaginer la nuit comme elle tombe là-bas, brutale, épaisse. La forêt vierge, un enchevêtrement d'arbres sombres : les acajous, l'ébène, les parasoliers, les moabis. Il y avait des villages, mais ils étaient coupés de tout, et pour les atteindre, il fallait se tailler un chemin à la machette. Pas d'électricité. Pour trouver un dispensaire, des soins, des secours, il fallait aller dans le premier centre administratif, à des centaines de kilomètres.

Je ne sais pas dans quelles circonstances Madeleine a appris la catastrophe (très vite, sans doute, car la nouvelle s'est répandue comme une traînée de poudre à Douala), mais je pense que bien des fois, dans sa vie, comme je le fais moi-même ce soir, elle a essayé de se représenter le départ du vol, la dernière heure, les dernières minutes. Ce n'était qu'un vol intérieur, un vol de routine. Les avions étaient moins puissants qu'aujourd'hui, mais pour Yaoundé, le temps de vol restait court ; il y a deux cent quarante kilomètres entre les deux villes.

Elle a dû revenir au soir du 13 octobre.
Cinq heures un quart.
Cinq heures et demie.
La voiture est repartie tout à l'heure.
Il pleut toujours en fin d'après-midi, la pluie n'a pas cessé depuis dix jours. Le vent s'est renforcé, mais à six heures, l'heure prévue, le Douala-Yaoundé embarque. Beaucoup de ceux qui le prennent n'auraient pas voulu d'un report, et ils sont soulagés. L'embarquement a même été accéléré; les passagers traversent la piste en courant. Le vent et le souffle des moteurs à hélices soulèvent les robes des trois femmes lorsqu'elles montent par l'échelle d'accès à la porte avant en essayant de se protéger de la pluie. Elles sont trois, tous les articles le soulignent : sœur Rose de Lima, une religieuse qui rejoint sa maison mère de Yaoundé, Yvette de Koeker, la femme du propriétaire d'une épicerie de Douala (elle voyage avec son mari), et une femme habillée en blanc. (Il y a eu à ce propos un quiproquo; on a cru que c'était Elizabeth Shermann; son nom a été avancé sur la première liste.)

Prigent est arrivé tard, d'après les témoignages du personnel du terrain d'aviation. A-t-il attendu Madeleine ? A-t-il pu se rendre au bout de la rue Clemenceau ? A-t-il dû changer ses plans, arrêté par des barrages en ville ? A-t-il roulé, très vite, dans un taxi, frôlant le retard en regardant distraitement les faubourgs de

Douala sous la pluie ? Il suffisait d'une dizaine de minutes pour gagner le terrain d'aviation à partir du centre, et les conditions des départs n'étaient pas celles d'aujourd'hui : on prenait l'avion comme on prend le car ; on se rendait au pied des appareils, directement sur la piste ; souvent le pilote était à bavarder au sol avec le chef d'escale.

Il prend le temps de terminer sa cigarette ; la nuit tombe. Quand ils ferment la porte, l'eau coule sur les hublots en rigoles épaisses. Le directeur de la caisse d'allocations familiales, André Legal, reste un moment debout dans l'allée centrale, il serre des mains avant de prendre sa place. Il connaît énormément de monde à Douala. Comme Prigent, c'est un habitué de ce vol.

Décollage bref sous une pluie qui se renforce. L'avion monte. On ne voit rien à deux mètres. Face à lui, à environ soixante nautiques, le mont Cameroun est invisible dans la brume épaisse du mauvais temps. Le Héron fait une courte boucle sur la baie avant de s'orienter vers l'intérieur.

Pendant le survol de Douala à très basse altitude, il y a de fortes secousses ; les passagers regardent la ville au-dessous d'eux. On ne voit pas grand-chose : des arbres trempés, des tôles, les lumières rares, troubles et mouillées des rues vidées par le couvre-feu. La paillote du Parallèle 4. Ils ont fermé le dancing. La blancheur vague de bâtiments ; le toit de l'Akwa Palace, celui du palais du gouvernement.

Le bruit de la pluie sur les ailes est énorme. Il couvre celui des moteurs.

L'appareil s'oriente plein est. Au bout d'une quinzaine de minutes, il atteint une zone de forêt. Sous l'aile, c'est la nuit noire. Le vol est très instable ; les passagers ont l'impression de rouler sur une piste pleine de nids de poule ; certains parlent entre eux, à mi-voix, en se tenant aux sièges.

André Legal, assis à côté du docteur Ebangué qui regarde par le hublot, essaie de localiser la région qu'ils survolent. On n'a pas atteint Edéa. Ce ne sont que des villages dans la forêt ; l'homme du gouvernement en énumère quelques-uns, gêné par la pluie qui gifle le hublot. Sœur Rose qui a l'habitude de ces voyages entre Douala et le siège de sa communauté regarde droit devant elle, pâle et menue, sa croix de missionnaire bien au milieu de sa poitrine, les mains posées sur ses genoux. Elle n'est pas rassurée en avion, elle le dit à son voisin avec un sourire ; regarder par le hublot lui donne le vertige, elle se sent malade à cause des secousses. Pourtant, ma sœur, dit son voisin, il me semble que vous bénéficiez d'une protection spéciale.

Il n'y a pas de rideau, rien ne sépare les passagers de la cabine de pilotage, ils distinguent probablement les faibles lumières du cockpit, les dos des deux pilotes et, devant eux, le ciel noir plein d'éclairs.

Pendant quelques minutes, tout se passe en silence. L'avion semble attaqué par le vent. Quelqu'un demande : Les ailes vont tenir ?

— Nous traversons un gros orage, dit un des stewards d'une voix blanche. Nous vous recommandons de ne pas bouger, de rester calmes.

L'appareil dégringole, vacille, puis se stabilise à nouveau. Yvette de Koeker crie. Il faut se cramponner aux dossiers. La nuit est si noire qu'on ne distingue plus le haut du bas.

— Tais-toi, Yvette, dit son mari. Tais-toi, je t'en prie. Calme-toi.

Elle défait sa ceinture, essaie de se lever. Il la retient : Tu es folle. Reste assise.

Elle fixe le voile blanc qui oscille, quelques rangées devant elle. La tête de sœur Rose ballotte contre le haut du siège. Un homme s'est accroupi au sol. Il essaie de gagner le cockpit en rampant, mais pourquoi ?

Ils pensent tous : Ça ne peut pas arriver. Ils pensent des choses idiotes : Il y a une religieuse à bord. Il y a un ministre. Sauve-nous !

Sauve-moi !
J'ai eu une enfance heureuse,
Une vie heureuse.

Des éclairs fusent à droite et à gauche. Aucune instruction ne vient plus des stewards qui eux aussi se cramponnent à leurs sièges.

La voix lointaine du pilote leur parvient-elle encore ? A-t-il eu le temps de dire : « Nous essayons de changer de cap, nous montons par le nord » ?

Les pilotes remettent les gaz. Il semble que l'avion bascule et tourne. Mais il descend encore. Il n'a pas assez de puissance pour reprendre de l'altitude. Il essaie de retrouver la position horizontale. Si le nez se redresse, c'est fini.

Je suppose que la religieuse s'est mise à prier, que la femme du commerçant suffoquait, accrochée à son mari, que des hommes pleuraient, que Prigent, d'instinct, s'est roulé en boule, pour anticiper le choc.

On dit que, dans ce moment, toute votre vie vous apparaît en une fraction de minute, comme dans le défilé d'un couloir.

L'avion a été pris dans un de ces terribles courants ascendants qui le soulèvent à la vitesse de cinq mille mètres par minute, il s'est cabré ; il a été retourné. Il est descendu comme une pierre sur la forêt.

*

La catastrophe eut un énorme retentissement à Douala. Des articles paraissaient tous les jours. « Sœur Rose de Lima : une vocation précoce » (on la distingue à peine sur la minuscule photo noircie ; elle porte de grosses lunettes noires qui lui mangent la moitié du visage), « André Legal : une carrière au Cameroun », « Yves Prigent : un brillant administrateur civil » – il n'y a pas de photographie mais une notice : né en 19. Un début de carrière en Indochine, marié, deux enfants.

Tout a été conservé dans l'enveloppe.

On finit par éclaircir le mystère de « l'inconnue

du vol ». C'était une erreur du terrain d'aviation. Il n'y avait pas de troisième femme à bord.

Marguerite Prigent fit le déplacement par avion. On la reçut à la Délégation. On l'emmena en lisière de forêt pour lui montrer la zone où les recherches commençaient. Elle dit qu'elle attendrait, qu'elle refusait d'envisager l'hypothèse de la mort tant qu'il n'y avait pas de preuves. Elle dit d'une voix brisée par le chagrin que, pour elle, son mari vivait encore quelque part.

Il y eut une messe solennelle à la cathédrale pour les disparus du vol. Je crois que ma tante Madeleine s'y rendit.

En novembre, le temps s'améliora, mais elle avait abandonné les promenades sous prétexte du couvre-feu, et restait des journées entières avec la petite et Charlie sur la terrasse. Un jour, elle ne savait même pas pourquoi – ils étaient à la cuisine et elle préparait le dîner –, elle s'était tournée vers Charlie :

— Tu sais, Charlie, M. Prigent, que tu as connu, tu as su ? Il est mort dans l'avion, le 13 octobre.

— Ouh là là, M. Prigent, dit-il. Ouh là là !

*

Sophie n'en sait pas davantage. Elle pense que son père a demandé conseil à Ambrières, et que celui-ci, avec tact (il évoqua l'extrême tension liée aux événements sur des femmes trop fragiles), conseilla le départ.

Madeleine ne resterait pas à Douala pour les fêtes de l'indépendance. Guy attendrait deux ou trois mois avant de la rejoindre – le temps d'obtenir sa mutation.

Ils n'étaient pas les seuls à avoir fait ce choix et beaucoup de femmes – surtout celles qui avaient des enfants – rentrèrent par le même vol de la fin de décembre 59. La veuve d'André Legal et ses trois enfants avaient des places dans le même avion.

Il paraît qu'il y avait foule ce jour-là à l'aéroport. Les enfants portaient des gilets ou de petits manteaux dont ils n'avaient pas l'habitude ; on disait qu'il ferait froid à Orly le lendemain matin au moment de l'atterrissage, un temps d'hiver, un brouillard « à couper au couteau ».

La plupart de ceux qui partaient savaient que c'était pour toujours. C'était le cas des fonctionnaires dans ce contexte de liquidation coloniale, mais des commerçants et des colons expédiaient eux aussi leur famille par prudence en attendant que les choses se calment. Et il y avait malgré tout, ce jour-là, mêlé au désordre bruyant des départs, un sentiment de gravité spéciale.

Beaucoup de membres de la colonie avaient tenu à accompagner les voyageurs. Le docteur Ambrières était là, le Délégué aussi, avec Jacqueline. Ils serreraient des mains ; certains pleureraient ; on embrassait les enfants.

Guy a suivi Madeleine des yeux jusqu'au dernier moment dans la file qui s'était formée le temps que tous les passagers embarquent. Elle tremblait quand il l'avait embrassée. Il avait pris Sophie à son cou :

— Sois sage. Ne fais pas enrager maman !

De temps en temps, il les perdait de vue toutes les deux, cachées par d'autres passagers ou des familles ; puis il retrouvait la robe de Madeleine, son dos mince, l'imperméable qu'elle avait pris sous son bras, le seul vêtement chaud qu'elle avait ressorti d'une caisse. Ils parlaient peu depuis l'accident, la tension subsistait entre eux, il ne lui faisait aucun reproche parce qu'il voyait bien qu'elle souffrait. Il avait malgré tout l'espoir que tout redevienne comme avant. Comme si rien ne s'était passé, se disait-il. Elle oubliera. Il est mort.

Elle lui était restée. Quelquefois, il se disait qu'elle aurait pu être l'inconnue du vol.

Ma tante s'est retournée en haut de l'échelle mobile, au moment de se pencher pour franchir la porte avant de l'appareil ; il a fait un signe, auquel elle a répondu.

Ils ont fermé la porte et les gens se sont massés au bord de la piste. Le silence s'est fait. On a entendu les cris des oiseaux des vasières autour de l'aéroport. Le soleil baissait. Au loin, la mangrove du bois des Singes devenait noire.

L'avion a mis les gaz, il a roulé, il a accéléré, il s'est élevé lourdement dans cette vapeur humide, rouillée par le couchant, qui fait l'atmosphère du golfe de Guinée.

En général, on entendait quelques applaudissements lorsqu'un avion s'arrachait au sol, parce que c'était rare, parce que c'était encore un spectacle mystérieux et magique à cette époque pas si lointaine, le décollage d'un avion. On allait les voir décoller le dimanche pour se distraire, et on applaudissait. Le décollage d'un avion comportait encore, pour les gens de ces années-là, les « petits Blancs » arrivés par bateau aux colonies, sa part de beauté et de rêve. J'ai lu quelque part qu'au Brésil, sur la plage de Copacabana, des gens applaudissaient le coucher du soleil.
Cette fois-là, personne n'applaudit.
La nuit était tombée d'un coup. Ils regardèrent le Constellation monter lentement sur la ville. Quand il la survola, les voitures militaires quadrillaient toujours les quartiers. Il n'y avait personne sur le boulevard Maritime ou dans la rue du Vingt-Sept-Août ; mais ils furent nombreux à guetter depuis leur terrasse les lumières clignotantes de l'aile du vol Douala-Paris et à entendre son bruit sourd pendant qu'il faisait une boucle sur la baie, traversait l'air sombre, mettait le cap sur Niamey, puis Alger où il ferait une escale de ravitaillement.

Ma tante Madeleine, assise près du hublot, regarda Douala pour la dernière fois.
La nuit, tout juste tombée, était belle, la baie

éclairée par la lune. Peut-être arriva-t-elle à repérer le mur et les drapeaux de la Délégation, les quartiers africains, l'hôpital. Elle chercha le toit de leur case. Elle resta le front appuyé au hublot bien après le décollage, terrifiée, tandis que l'avion prenait de l'altitude, guettant – mais que pouvait-elle voir en pleine nuit? – le pays vert, la montagne, les plantations de cacaoyers, de bananiers, d'hévéas, de palmiers à huile, la zone de forêt vierge où les recherches continuaient. Je ne sais pas si l'avion de Paris la survolait. Ce n'était pas sa route.

Avec l'altitude, les traces de vie et la végétation disparurent sous l'aile. L'avion donna l'impression de couvrir lentement la nuit. Ils franchirent les frontières du Cameroun.

Sophie ne dormit pas; elle pleurnichait en suçotant sa girafe, effrayée par le bruit des moteurs et ma tante Madeleine raconta qu'elle non plus n'avait pas fermé l'œil pendant ce long voyage de quatorze heures. Elle avait peur; elle souffrait. Tous les passagers dormaient autour d'elle. Plus tard, à un moment qu'elle ne sut pas identifier – mais elle pensa qu'ils n'avaient pas quitté le continent africain et la nuit était claire –, elle vit au sol des feux dispersés, minuscules et très brillants; ils pouvaient être ceux des populations nomades qui se déplacent dans le désert.

L'aéronautique conserve des archives; je ne sais pas si elle a appris que des restes de la carcasse du Héron avaient été retrouvés par hasard, trois ans plus tard, beaucoup plus au nord, à des kilomètres de la zone de recherche, au pied du mont Koupé, dans la circonscription de Nkongsamba – ce qui montre que l'équipage a tenté une ultime manœuvre.

En 62, une stèle a été posée dans le carré européen du cimetière, avec les noms des disparus. On peut considérer qu'ils reposent là.

12

Que reste-t-il à raconter ?

Ma tante est arrivée en France épuisée et perdue. Elle s'est réfugiée chez sa mère. Guy l'a rejointe au bout de trois mois. Il a été muté au Havre, puis à Saint-Nazaire où ils ont habité vingt ans. Ils n'ont pas eu d'autres enfants.

Madeleine a cessé de travailler comme infirmière. Elle a continué à faire de longues promenades dans le port, toujours avec Sophie qu'elle allait chercher à l'école. Sur un film pris par mon oncle vers cette époque – elles étaient de passage à Nantes –, on les voit toutes les deux remonter l'avenue Félix-Vincent. Sophie a peut-être dix ans, l'air d'une enfant montée en graine, des chaussettes blanches, un anorak, une frange brune ; elle marche en lançant les jambes en avant, tête baissée, avec son air indifférent. Ma tante en manteau redingote serre d'une main son petit col de fourrure. À un moment, il y a ces sortes de boules de neige qui marquaient les raccords entre deux pellicules sur les vieux films en super-8. On pourrait croire qu'il neige, mais il ne neige pas et l'image continue. Je suppose que mon oncle Guy marche à reculons devant elles sur le trottoir, caméra au poing, et qu'il filme «les deux femmes de sa vie», comme il les appelle. Il semble que ce ne soit pas le plein hiver, mais plutôt ce genre de temps gris du début mars sous lequel perce la lumière. Des branches d'arbres fruitiers – peut-être des poiriers – dépassent d'un mur, ainsi qu'un mimosa des quatre saisons. L'image est pâle, surexposée, mais il est possible que cette blancheur soit liée à l'usure, ou qu'elle restitue la lumière maladive de l'extrême début du printemps. D'après Sophie, elles marchaient ainsi à Saint-Nazaire, en fin d'après-midi ; elles longeaient le front de mer, prenaient le boulevard de Verdun, puis celui «du président Wilson».

— On marchait en silence, m'a dit Sophie. Maman n'a jamais parlé beaucoup. Ces promenades en silence le long de la mer, c'est un de mes souvenirs. Peut-être que le silence est une façon d'aimer – c'est une phrase que j'ai lue, ou que j'ai entendue. Je ne sais plus.

Des cheveux blancs sont apparus sur les tempes de Madeleine ; ils ne tranchaient pas beaucoup sur le blond et au début elle les arrachait simplement à la pince. Elle a pris dans ces années-là, les années soixante-dix – celles de Saint-Nazaire –, le visage, plus tendu, à peine plus marqué qui devait durer jusqu'à sa vieillesse. C'était sous

Giscard. Elle ne suivait plus la mode, celle des mini-jupes (elle trouvait les genoux trop laids), celle des pantalons à pattes d'éléphant, celle des sous-pulls de couleur vert pomme ou marron, en acétate. Elle disait : « Ça manque de chic ; ça n'a pas de forme ; ça ne me va pas. »

Aucune femme ne ressemblait désormais à Michèle Morgan.

Sophie m'a dit : Comment voulais-tu que j'apprenne quoi que ce soit sur cette histoire ? Il était mort. Elle a vieilli avec mon père. Elle a gardé tous ces papiers dans l'enveloppe, les articles sur l'accident, et une lettre que Prigent lui avait écrite en lui envoyant la photo de l'allée des Cocotiers, car c'est lui qui a pris cette photo, je l'ai découvert par hasard. La lettre, je l'ai trouvée ailleurs, dans un tiroir. Et même "lettre" est un grand mot ! C'est une simple feuille blanche qui accompagnait le tirage et les négatifs avec son nom et écrit en dessous : *En souvenir.* Qu'est-ce que tu veux en déduire ?

« Nous étions à Saint-Nazaire quand j'ai commencé mes études à Paris, je rentrais le week-end et mon père me reconduisait à la gare, le dimanche soir. Je prenais le dernier train. Elle ne venait jamais. Lui m'accompagnait sur le quai. J'avais beau lui dire : "Rentre, papa, il est tard, ce n'est pas la peine d'attendre", il restait jusqu'au départ. Saint-Nazaire est le terminus de la ligne ; on est au bout du continent ; on ne peut pas aller plus loin. Sur le quai, on sent encore l'odeur de la mer. Et quelquefois, quand je restais avec mon père sur le quai (je m'arrangeais pour monter à la dernière minute), je me disais : Respire encore l'odeur de la mer. Après, je lui faisais des signes derrière la vitre. J'ai eu quelquefois l'impression qu'il aurait voulu me dire quelque chose, ou plutôt c'est une idée qui m'est venue bien après, de manière rétrospective. Et elle est peut-être entièrement fausse, cette idée.

« Ils n'étaient pas malheureux, pas plus que la moyenne des gens. Je ne cherchais pas plus loin. De toute façon, à cette époque, celle de mes études, j'ai eu l'impression de m'éloigner de mes parents ; je me disais : des provinciaux avec des réflexes provinciaux, des gens qui vivent au bout du continent, là où les rails s'arrêtent. Si je parlais de leur séjour en Afrique, des amis parisiens faisaient des réflexions sur l'injustice, sur le colonialisme ; je savais pourtant qu'ils n'étaient pas riches, que c'étaient des "enfants de la guerre", que mon père était parti là-bas par hasard, pour trouver du travail, mais je suppose que c'est l'impression qu'ont plus ou moins tous les enfants, qu'ils ne font plus partie du même monde. Leur histoire n'était pas la mienne. Elle était difficile à expliquer. Je me taisais.

« Au moment où je me préparais à partir, ils sortaient toutes sortes de choses pour me faire à manger. Mon père disait : "Il vaut mieux que tu prennes des sandwiches faits à la maison, ceux de la SNCF sont si mauvais !" Et ma mère : "Ils sont pleins de bactéries." C'est là que mon père m'a raconté qu'elle essayait d'expliquer "les bactéries" à Charlie, mais que lui s'en moquait, qu'il ne l'avait jamais écoutée. »

*

Sophie s'est aperçue qu'ils avaient vieilli quand ils ont commencé à parler de Douala plus souvent. Ils sortaient des photos, ils avaient perdu la mémoire des noms; ils n'étaient pas d'accord et ils se querellaient à propos du nom du président des Établissements Suarès, ou de celui de l'écrivain qui avait écrit *Une vie de boy*. Ou du ministre envoyé par Paris pour l'inauguration du pont sur le Wouri. Ils racontaient l'affaire du cinéma, la peur, la grille de la sortie de secours enfoncée par les spectateurs, le sang sur une voiture. Ils parlaient de Dschang dans le Nord – « On dirait le Massif central ».

Guy n'avait jamais eu beaucoup d'ordre. Il laissait ses affaires traîner et ma tante remarquait d'un ton pincé : « Je ne suis pas ton boy. »
Ils se demandaient ce que Charlie était devenu. Ils faisaient des calculs pour savoir quel âge il avait; ils se demandaient s'il avait des enfants, des petits-enfants, et combien. Ils parlaient de sa famille, de son père qu'ils avaient rencontré un jour, un pêcheur dans la mangrove. Ils riaient à cause de « la famille Neveu »; Madeleine l'imitait : « *Madame Virginie* ». Guy faisait remarquer : « Je suis prêt à parier qu'il t'appelle "madame

Madeleine", toi aussi. » Et l'idée que peut-être, là-bas, il pensait à eux les émouvait.

Ma tante disait : « Je ne sais pas si Jacqueline vit encore. Elle avait trois enfants, trois fils, qui étaient grands déjà. Ils faisaient leurs études. Je les ai vus une fois. Ils avaient une maison vers Cannes, ou Nice, dans l'arrière-pays ; elle venait de là-bas ; tu te souviens ? Elle parlait sans arrêt des cigales. Elle aimait les fêtes. Danser. Sans elle...

— En tout cas, elle a perdu son mari, disait Guy. Je ne sais plus comment je l'ai su, mais j'en suis à peu près certain. J'ai dû le voir sur le journal. Elle, je ne sais pas. Elle avait quelques années de moins. C'est possible qu'elle vive encore, qu'elle se soit retirée dans cette maison à Nice ou à Cannes. (Ils avaient toujours confondu les deux villes. Ils se chamaillaient.)

— Et le docteur Ambrières ?

— Il est mort, certainement ; il est resté après l'indépendance ; il n'avait aucune raison de quitter l'hôpital. C'était un célibataire endurci, avec peu de famille. Il faisait partie de ces types qui sont partis un jour, qui ont coupé avec leurs origines et qui ne peuvent jamais revenir. Personne ne le réclamait nulle part. Il était resté trop longtemps. Sa vie était faite là-bas. Il était plus âgé que Jacqueline. Il avait une cinquantaine d'années en 60, rappelle-toi. C'est l'administration qui est partie. Les autres sont restés à Douala après l'indépendance ; la plupart des commerçants sont restés. Il avait des amis dans le gouvernement. Il a dû continuer à dîner à gauche ou à droite, bridger, prendre un verre à l'Akwa Palace. Il doit être enterré au cimetière de Douala, dans le carré européen.

— Quand Jacqueline est partie, disait Madeleine pensivement, ça a dû être un choc pour lui. Il était toujours aux cocktails, admis dans le cercle des intimes. C'est triste, personne ne va sur sa tombe. »

Guy haussait les épaules : « Quand on est là, de toute façon ! »

Elle se taisait.

*

Au mariage de Sophie, ma tante Madeleine avait une large capeline bleu marine qui lui redonnait quelque chose de son allure d'autrefois, sur la photo de l'allée des Cocotiers.

On disait : « La mère de la mariée est encore très élégante. »

Son cousin Joseph est mort en Tanzanie vers la fin des années quatre-vingt. Ils n'ont pas rapatrié le corps. Il avait demandé à être enterré dans le cimetière de sa mission, à une trentaine de kilomètres de Dar es Salam.

Dans une lettre qu'il leur a envoyée un an avant sa mort et qu'elle a conservée dans l'enveloppe, il disait qu'il avait moins de force. Il écrivait : « Le jardinage a toujours été ma récréation, et nos tombes (il écrivait "*nos* tombes") sont à côté de nos plantations, au fond du terrain. Pour les croix, nous les taillons nous-mêmes, comme les tuteurs de nos tomates. Je serai près de mon potager. C'est tout ce que je demande. »

Il écrivait : « Ce que j'ai toujours aimé, et ce que j'aime de plus en plus ici, c'est la nuit. La vie ne s'arrête pas : on se sent moins seuls qu'en Europe. Nous avons un grand dispensaire très fréquenté dont les sœurs s'occupent bien et les gens viennent de loin, des hommes qui se sont blessés au travail, qui ont des morsures, de la fièvre, de graves problèmes aux yeux avec la bilharziose. Un médecin spécialisé, un Africain que j'ai connu petit, consulte chez nous une fois par semaine ; c'est surtout fréquenté par des femmes avec des enfants ; elles me connaissent et certaines viennent me voir.

« Je m'occupais plutôt du catéchisme, mais au fur et à mesure, j'ai acquis des notions de médecine. On était sept pères autrefois, maintenant on n'est plus que trois. Ce n'est pas suffisant. Je n'ai plus l'obligation de rien faire. Je reste beaucoup dans ma chambre ; je veille une partie de la nuit ; j'entends les animaux : il y a toujours eu de petits singes dans les arbres autour de la mission. Les bruits de la nature, je les ai entendus toute ma vie ; je les écoute et je crois que c'est devenu ma manière de prier. On peut prier de toutes sortes de manières : en lisant, en écoutant de la musique. Nous avons des disques ici, le père aumônier m'en apporte. Je m'occupe encore des confessions, quelquefois, pour rendre service. »

Quand il est mort, Madeleine a sorti la photo de son ordination à Saint-Louis. Elle parlait de lui souvent; elle disait : « C'était un solitaire, un rêveur. Il a sacrifié sa vie. »

(Mais je me le demande, moi, ce soir, en écrivant, qu'est-ce que c'est : sacrifier sa vie ?

Sauver sa vie ?)

*

Guy a pris sa retraite, et ils sont revenus à Nantes. Ils ont décidé de s'installer dans la maison de l'avenue Félix-Vincent à cause du jardin. Ils ont fait des travaux pour y inclure le local de l'ancien magasin, ce qui a beaucoup agrandi. Ils ont remplacé la vitrine par une baie vitrée qui donnait une lumière « traversante ».

Au moment du déménagement, ils ont donné tous leurs vieux disques, ceux des années d'Afrique, les succès que l'orchestre jouait au bar de l'Akwa Palace, au dancing du Parallèle 4, l'après-midi, aux fêtes de Jacqueline, et qui passaient à la radio, au programme musical du soir :

Domino, Domino
Le printemps chante en moi, Dominique

Bambino, de Dalida,
Un jour tu verras, de Mouloudji,
et cette chanson de Guy Béart sur un poème d'André Hardellet que Madeleine fredonnait parfois :

Si tu reviens jamais danser chez Temporel
Un jour ou l'autre
Pense à ceux qui tous ont laissé leurs noms gravés
Auprès du nôtre

Elle disait à mon oncle : « C'est terrible ; je suis devenue comme ma mère. Tu te rappelles ? Elle avait la manie de chanter cette chanson d'un film de Charlot : "*Deux petits chaussons de satin blanc / Sur le cœur d'un clown dansaient gaiement / Ils tournaient tournaient... toujours*". » Et ils riaient, avec Guy, parce qu'ils pensaient à Charlot marchant avec son chapeau melon, ses pieds en canard et sa petite moustache.

Elle a confié un jour à Sophie : « Tu vois, je crois que maintenant je n'aimerais pas être jeune, ça ne m'intéresserait plus. » Et comme Sophie s'en étonnait : « Je ne sais pas. C'était autre chose. Et puis, j'ai eu ma part. Maintenant, je me sens étrangère. »

En septembre, quand le gros des touristes commençait à rentrer, ils faisaient un voyage en Italie ; ils allaient sur la côte ligure, sur la riviera du Ponant. Ils s'émerveillaient de ce mot, *riviera*, qui semble contenir le mot « rêve » ; ils aimaient les petites villes perchées au-dessus de la mer, l'odeur du marbre des églises. Quand ils revenaient à la mi-septembre, c'était déjà l'automne ; des guêpes fatiguées heurtaient la vitre de la cuisine. Elle disait en rentrant : « On est mieux chez soi. »

Ils étaient devenus un vieux couple, effacé, poli et discret. Ils traversaient prudemment aux carrefours en se tenant par le bras ; mon oncle avait une canne. Elle se tenait toujours très droite. C'était la génération de la guerre. Ils disaient qu'ils avaient tiré leur épingle du jeu. Ils avaient vu leur petite partie du monde. Ils ne réclamaient rien à personne. Ils n'intéressaient plus personne non plus.

Petits, à Noël, ils n'avaient eu que des oranges. Peut-être que c'était la province d'un autre âge. Peut-être qu'il n'y a pas de mot pour expliquer. Je ne sais pas pourquoi cela me cause aujourd'hui tant de chagrin.

Ma tante a jeté les robes qu'elle avait portées jeune, les modèles New Look à motifs fleuris, à jupe « parachute » ; elle les a mises au Secours catholique. Elle disait : « Ils en feront des chiffons. Qui voudrait porter ça, maintenant ? C'est si difficile d'entretien. »

Mais Sophie a retrouvé dans une valise jamais ouverte et trimballée au cours de leurs déménagements la robe en soie sauvage peinte de bouquets de violettes. Elle était pliée, chiffonnée, mais le tissu était intact, toujours brillant.

— J'ai essayé de l'enfiler, m'a-t-elle dit, j'ai eu du mal à rentrer dedans. Je ne voulais pas la déchirer, alors je l'ai mise devant moi et je me suis regardée dans la glace. J'ai ajusté la taille pour voir l'effet de la jupe. J'ai même fait quelques pas de danse : ça n'avait rien à voir. Absolument rien à voir.

Elle a secoué la tête : Tu me trouves ridicule ? J'ai dit non.

J'avais un peu envie de pleurer parce qu'une chanson me revenait en mémoire :

> *Le jour où je vous aperçus*
> *Dans une glace à votre insu*
> *Vous remettiez un peu de poudre*
> *Vous étiez belle à en mourir*

Nous nous sommes penchées toutes les deux sur la photographie que Prigent a prise pendant une de leurs brèves promenades. Ils marchaient lentement, allée des Cocotiers, lui parlant, elle, l'écoutant avec sa réserve habituelle ; ils n'avaient fait qu'une centaine de mètres ensemble. Et soudain, il s'était reculé. Il avait dit : « Ne bougez pas. Restez où vous êtes. »

Il reculait toujours, le bras tendu, une main en visière.

Il avait pris son appareil photo :

« Regardez-moi. Ou plutôt, ne me regardez pas. Ne vous occupez pas de moi. Faites comme si je n'étais pas là. Continuez à marcher, Madeleine. »

Il y avait peut-être un accord entre les arceaux d'ombres que projetaient les palmes des cocotiers sur le sol et la forme en cloche de sa jupe. Il la trouvait sans doute, comme moi, à sa façon, « inimitable ».

Elle a levé la tête, surprise. Sophie, qui lui tenait la main, s'est légèrement tournée vers elle en soulevant sa girafe en caoutchouc. Le temps s'est arrêté.

Quelques jours après, il lui a fait porter plusieurs tirages avec les négatifs. Et ce billet : *En souvenir.*

CHANSONS CITÉES

Par ordre d'apparition :

Guy Béart, « La vie conjugale », B.O. du film *La vie conjugale*, paroles : Guy Béart, musique : Louiguy, © EMI Music Publishing France (Éditions Hortensia), 1964.

Guy Béart, « Bal chez Temporel », paroles : André Hardellet, musique : Guy Béart, © Gallimard / Espace Éditions, 1967.

Jacques Brel, « Madeleine », paroles : Jacques Brel ; musique : Jacques Brel, Jean Corti, Gérard Jouannest, © Éditions Jacques Brel / Universal Music Publishing (Les Éditions musicales Caravelle), 1962. Avec l'aimable autorisation d'Universal Music Publishing et des Éditions Jacques Brel.

André Claveau, « Deux petits chaussons », paroles : Jacques Larue, musique : Charles Chaplin, © Bourne Co., 1953. Copyright renewed. All Rights Reserved International Copyright Secured.

André Claveau, « Fou de vous », paroles : Max

François, musique : Michel Emer, © Éditions Salabert, 1950. Avec l'aimable autorisation des Éditions Salabert.

Patachou, « Voyage de noces », paroles : Jean Valtay, musique : Jean Valtay, Jean Rochette, 1961.

Guy Béart, « L'eau vive », paroles et musique : Guy Béart, © Espace Éditions, 1958.

Pat Boone, « Love letters in the sand », paroles et musique : Kenny Charles F., Coots J. Fred, Kenny Nick A., © Bourne CO / Publications Francis Day, 1962.

Marcel Mouloudji, « Un jour tu verras », paroles : Marcel Mouloudji, musique : Georges Van Parys, Les nouvelles éditions Meridian, © Productions Mouloudji administrées par Balandras éditions, 1954.

Dalida, « Bambino », adaptation française de « Guaglione » (paroles : Nicola Salerno, musique : Giuseppe Fucilli), adaptation de Jacques Larue, © Accordo Edizioni Musicali SRL (Milan, Italie), 1956. Publié avec l'autorisation de S.E.M.I., Paris, France.

André Claveau, « Domino », paroles : Jacques Plante, musique : Louis Ferrari, © All Beuscher SOC, 1950.

Mes remerciements vont à Jean-Pierre pour son indéfectible soutien, à Sylvie pour sa lecture, à Karina Hocine, Safa-Eldine Hamed, et Anne Monnier.

DE LA MÊME AUTRICE

Aux Éditions Gallimard

L'HEURE EXQUISE, coll. «L'Arpenteur», 1998

LE TEMPS DES DIEUX, coll. «L'Arpenteur», 2000

LES KANGOUROUS, coll. «L'Arpenteur», 2002

CE QUI S'ENFUIT, coll. «L'Arpenteur», 2005

QUELQUE CHOSE À CACHER, coll. «Blanche», 2007 (Folio n° 4964). Prix des Deux Magots et prix de la Ville de Nantes

BEAU RIVAGE, coll. «Blanche», 2010

LA VIE EN MARGE, coll. «Blanche», 2014. Prix Christine de Pizan

L'ANNÉE DE L'ÉDUCATION SENTIMENTALE, coll. «Blanche», 2018. Prix Jean Freustié

UNE FAÇON D'AIMER, coll. «Blanche», 2023 (Folio n° 7502). Grand Prix du roman de l'Académie française 2023, prix des Libraires de Nancy - *Le Point* 2023

Dans la collection de livres audio «Écoutez lire»

UNE FAÇON D'AIMER, lu par Clothilde de Bayser, 2023

Aux Éditions Arléa

LA VILLE, 1996 (Arléa-Poche n° 135)

UN DIMANCHE À VILLE-D'AVRAY, coll. «La rencontre», 2019 (Folio n° 6894)

COLLECTION FOLIO

Dernières parutions

7359.	Dominique Scali	*Les marins ne savent pas nager, II*
7360.	Laurine Roux	*Sur l'épaule des géants*
7361.	Marie NDiaye	*La sorcière*
7362.	Perrine Tripier	*Les guerres précieuses*
7363.	Carole Fives	*Quelque chose à te dire*
7364.	Tristan Jordis	*Le pays des ombres*
7365.	Martin Winckler	*Franz en Amérique*
7366.	Gilles Kepel	*Enfant de Bohême*
7367.	Franz Kafka	*Le Procès*
7368.	Franz Kafka	*La sentence – Dans la colonie pénitentiaire*
7369.	Jean-Paul Didierlaurent	*Le vieux* et autres nouvelles
7370.	Franz Kafka	*Kafka justicier ?* Morceaux choisis
7371.	Pierre Adrian	*Que reviennent ceux qui sont loin*
7372.	Isabelle Sorente	*L'instruction*
7373.	Xavier Le Clerc	*Un homme sans titre*
7374.	Amélie de Bourbon Parme	*L'ambition. Les trafiquants d'éternité, I*
7375.	Stéphane Carlier	*Clara lit Proust*
7376.	Jessie Burton	*La maison dorée*
7377.	Naomi Krupitsky	*La Famille*
7378.	Nastassja Martin	*Croire aux fauves*
7379.	Maylis Adhémar	*La grande ourse*
7380.	Lucie Rico	*GPS*
7381.	Camille Froidevaux-Metterie	*Pleine et douce*
7382.	Éric Reinhardt	*Le moral des ménages*
7383.	Guéorgui Gospodinov	*Le pays du passé*
7384.	Franz-Olivier Giesbert	*Le sursaut. Histoire intime de la Ve République, I*

7385.	Daniel Pennac	*Terminus Malaussène. Le cas Malaussène, 2*
7386.	Scholastique Mukasonga	*Sister Deborah*
7387.	Anonymes	*Évangiles*
7388.	Pierre Assouline	*Le nageur*
7389.	Louise Kennedy	*Troubles*
7390.	Ron Rash	*Plus bas dans la vallée*
7391.	Bénédicte Belpois	*Gonzalo et les autres*
7392.	Erik Orsenna	*Histoire d'un ogre*
7393.	Jean-Noël Pancrazi	*Les années manquantes*
7394.	James Baldwin	*Chroniques d'un enfant du pays*
7395.	Elizabeth Jane Howard	*La fin d'une ère. La saga des Cazalet V*
7396.	Ruta Sepetys	*Si je dois te trahir*
7397.	Brice Matthieussent	*Petit éloge de l'Amérique*
7398.	James Baldwin	*Blues pour Sonny*
7399.	Honoré de Balzac	*La Maison du Chat-qui-pelote, Le Bal de Sceaux, La Bourse*
7400.	Sylvain Tesson	*Blanc*
7401.	Aurélien Bellanger	*Le vingtième siècle*
7402.	Christophe Bigot	*Le château des trompe-l'œil*
7403.	Delphine de Girardin	*La Canne de M. de Balzac*
7404.	Emmanuelle Bayamack-Tam	*La Treizième Heure*
7405.	Adèle Van Reeth	*Inconsolable*
7406.	Mattia Filice	*Mécano*
7407.	Anne Serre	*Notre si chère vieille dame auteur*
7408.	Bernhard Schlink	*La petite-fille*
7409.	James Joyce	*Pénélope*
7410.	Joseph Kessel	*Les juges*
7411.	Aliyeh Ataei	*La frontière des oubliés*
7412.	Julian Barnes	*Elizabeth Finch*
7413.	Abdulrazak Gurnah	*Près de la mer*
7414.	Bernardo Zannoni	*Mes désirs futiles*
7415.	Claude Grange et Régis Debray	*Le dernier souffle*

7416.	François-Henri Désérable	*L'usure d'un monde*
7417.	Négar Djavadi	*La dernière place*
7418.	Élise Costa	*Les nuits que l'on choisit*
7419.	Joffrine Donnadieu	*Chienne et louve*
7420.	Louis-Ferdinand Céline	*Londres*
7421.	Étienne de Montety	*La douceur*
7422.	Edgar Morin	*Encore un moment...*
7423.	Maylis de Kerangal et Joy Sorman	*Seyvoz*
7424.	Dominique Bona	*Les Partisans*
7425.	Jérôme Garcin	*Mes fragiles*
7426.	Raphaël Haroche	*Avalanche*
7427.	Philippe Forest	*Je reste roi de mes chagrins*
7428.	Juliana Léveillé-Trudel	*On a tout l'automne*
7429.	Bruno Le Maire	*Fugue américaine*
7430.	Joris-Karl Huysmans	*Marthe* et *Les Sœurs Vatard*
7431.	Fabrice Caro	*Journal d'un scénario*
7432.	Julie Otsuka	*La ligne de nage*
7433.	Kristina Sabaliauskaitė	*L'impératrice de Pierre, tome I*
7434.	Franz-Olivier Giesbert	*La Belle Époque. Histoire intime de la Ve République, II*
7435.	Laurence Cossé	*Le secret de Sybil*
7436.	Olivier Liron	*Danse d'atomes d'or*
7437.	Paula Jacques	*Mon oncle de Brooklyn*
7438.	Mathieu Lindon	*Une archive*
7439.	Denis Podalydès	*Célidan disparu*
7440.	Erri De Luca	*Grandeur nature*
7441.	Javier Marías	*Tomás Nevinson*
7442.	Arturo Pérez-Reverte	*Le maître d'escrime*
7443.	Anonymes	*Les Folies Tristan*
7444.	Germaine de Staël	*Dix années d'exil*
7445.	Michel Zink	*Trois professeurs à la dérive*
7446.	Victor Hugo	*Les Misérables. Version abrégée*
7447.	Hunter S. Thompson	*Gonzo Highway*
7448.	Collectif	*Haikus d'automne et d'hiver*
7449.	Liu An	*Du monde des hommes*
7450.	Collectif	*Dire le deuil*
7451.	Jean Giono	*Noël* suivi de *La Belle Hôtesse*

*Tous les papiers utilisés pour les ouvrages
des collections Folio sont certifiés
et proviennent de forêts gérées durablement.*

*Composition Soft Office
Impression Maury Imprimeur
45300 Manchecourt
le 10 mars 2025
Dépôt légal : mars 2025
N° d'imprimeur : 283404*

ISBN 978-2-07-309550-3 / Imprimé en France

645401